AGORA E NA HORA

HELOISA SEIXAS

Agora e na hora
Romance

COMPANHIA DAS LETRAS

Copyright © 2017 by Heloisa Seixas

Grafia atualizada segundo o Acordo Ortográfico da Língua Portuguesa de 1990, que entrou em vigor no Brasil em 2009.

Capa
Milena Galli

Preparação
Leny Cordeiro

Revisão
Adriana Bairrada
Nina Rizzo

Os personagens e as situações desta obra são reais apenas no universo da ficção; não se referem a pessoas e fatos concretos, e não emitem opinião sobre eles.

Dados Internacionais de Catalogação na Publicação (CIP)
(Câmara Brasileira do Livro, SP, Brasil)

Seixas, Heloisa
   Agora e na hora : romance / Heloisa Seixas. — 1ª ed. — São Paulo : Companhia das Letras, 2017.

   ISBN 978-85-359-2882-2

   1. Romance brasileiro I. Título.

17-01630   CDD-869.3

Índice para catálogo sistemático:
1. Romance : Literatura brasileira 869.3

[2017]
Todos os direitos desta edição reservados à
EDITORA SCHWARCZ S.A.
Rua Bandeira Paulista, 702, cj. 32
04532-002 — São Paulo — SP
Telefone: (11) 3707-3500
www.companhiadasletras.com.br
www.blogdacompanhia.com.br
facebook.com/companhiadasletras
instagram.com/companhiadasletras
twitter.com/ciadasletras

Para Marcos Santarrita

Encontrei os originais sobre a mesa no dia em que entramos no apartamento, depois do telefonema da vizinha. Eram duas pilhas, dentro de pastas de papelão, as duas com títulos, como se fossem volumes distintos. Um deles (Livro Um) trazia cada história separadamente, um livro de contos, incluindo um texto que me pareceu destoar dos demais — como se alguém de fora tentasse imiscuir-se no livro. E o outro (Livro Dois) era um depoimento pessoal do meu amigo, francamente autobiográfico, que parecia ter sido escrito na madrugada final. Guardei-os comigo por muito tempo antes de decidir publicá-los. Primeiro, porque embora estivesse convencida de que formavam um todo, e não dois livros separados, tinha dúvidas sobre qual era a real intenção do escritor ao deixá-los em pastas distintas. Segundo, porque havia algo de inquietante nos textos, principalmente o segundo. Eu me perguntava: como e quando meu amigo teve forças para escrever e imprimir tudo aquilo, se estava tão mal? Será que tinha decidido escrever sobre a morte *antes* de saber que estava morrendo? Houve, em algum momento, a intervenção de outra pessoa nos textos? De quem?

E, no fim, o que aconteceu? Assim que o encontramos, morto sobre os papéis, a vizinha chamou a polícia. Eu estava em choque. Depois, soube que os médicos-legistas atestaram morte natural, por embolia pulmonar. Não havia qualquer arma sobre a cômoda, nem em nenhum outro ponto do apartamento, garantiu o delegado.

Sumário

LIVRO UM — AGORA E NA HORA, 11
O que as páginas escondem, 12
Em preto e branco, 28
A morte sem revolta, 34
O navio da morte, 45
Pacto, 54
Copos de leite, 63
Arqueologia, 69
Marienbad, 76
A pena é minha, 87

LIVRO DOIS — A QUASE MORTE, 99

Comentários finais, 141

LIVRO UM
Agora e na hora

O que as páginas escondem

Ele não tem nome, é um velho apenas. Tem a respiração pesada, falta-lhe o ar. Seus pulmões são como cavernas escuras, nas quais a poeira se vai sedimentando com os anos e a cujas paredes em curva aderem ácaros, em lugar de morcegos. Mas ele parece não se importar. Está cercado de livros. O aposento à sua volta é formado por pilhas e mais pilhas de volumes, de todos os tipos, todas as cores. A penumbra não permite discernir os títulos, mas dá para saber que são, na maioria, livros muito antigos.

Agora, o velho tenta pegar alguma coisa no alto de uma das pilhas. Suas mãos ressecadas, a pele clara de pergaminho, tateiam com cuidado, há delicadeza nesse toque. Quando se movem para o lado, parecem duas aranhas albinas prontas para o acasalamento.

Com esforço, esticando-se ao máximo, ele retira da pilha alguma coisa, prestando atenção para não provocar um desastre. A pilha estremece, mas o velho consegue o que quer: um volume de couro escuro, com acabamentos de rolotê na lombada e dois grandes buracos de traça na capa.

Assim que o tem nas mãos, abre-o ao meio e aproxima o rosto. Inspira com força. Depois, passa a ponta do nariz pela junção das páginas, de cima para baixo, uma, duas, várias vezes, em um movimento sensual, quase obsceno.

Logo, com o livro apertado contra o peito, recomeça a caminhar com seu andar incerto, esgueirando-se por entre as pilhas inclinadas, um desfiladeiro. Em alguns pontos, a passagem se estreita a tal ponto que ele se vira de lado para não perturbar as paredes de papel. Perto da porta da cozinha, onde há um pequeno banheiro com uma bica d'água, o velho agora se dobra, mata a sede. Quando a água toca sua boca de lixa, pensamos se a poeira não se transformará em pasta, e a língua, em escultura de papier mâché. Ele sorve com avidez o líquido da mão em concha, a outra mão ainda segurando contra o peito o livro que há pouco retirou da pilha e cheirou. E, depois de beber água, volta a enveredar pelos desfiladeiros dessa casa, que é escura e curva e labiríntica, debruçada sobre si mesma, com paredes que sufocam. Toda a casa é como seus pulmões — uma caverna.

Ele se orienta bem pelos corredores entre as pilhas, conhece os atalhos. A casa caótica é como uma continuação de seu corpo, há entre eles harmonia e intimidade. Sempre foi assim. Mas no início, antes da proibição, havia ordem no caos. Se precisava procurar um livro, ele se encaminhava às estantes — nessa época, as estantes ainda existiam — e ia direto ao lugar. Por mais que tudo parecesse desordenado, tinha na cabeça a memória das prateleiras, dos compridos móveis de mogno, dos aposentos. Sabia onde estava tudo, os livros eram divididos por temas, e dentro de cada tema dispostos por ordem alfabética de títulos ou de sobrenomes dos autores. Aqueles volumes eram seu mundo.

E então, um dia, começou a transformação.

Foi devagar, não parecia haver nenhum perigo. Os aparelhos eletrônicos eram uma brincadeira, nada que pudesse ameaçar a existência secular dos livros, objetos tão simples e insubstituíveis, que não precisavam de mais nada para funcionar a não ser as mãos, os olhos e a mente de um homem. Isso nunca ia acabar, pensava o velho. Mas o fenômeno foi crescendo, inchando, multiplicando-se, e em pouco tempo a ameaça se tornou palpável. Primeiro, foram desaparecendo os sebos e as livrarias, um a um. E, em poucos anos, já não se viam livros em parte alguma. O universo pelo qual ele vivera e lutara, feito de cheiros, cores, sensações, o suporte físico que sustém a palavra, a polpa tornada papel — tudo estava morto.

Os próprios instrumentos eletrônicos, aqueles *gadgets* que pareciam se multiplicar como células malignas, tomando diferentes cores, formatos, tamanhos, até mesmo eles foram condenados ao desaparecimento. Em poucos anos, as pessoas já absorviam a informação através de microchips instalados no cérebro, sob a pele dos punhos ou atrás das orelhas. Toda a informação do mundo, todos os livros de todas as bibliotecas, toda a sabedoria humana acumulada em mais de cinquenta séculos — tudo se transformara em éter, em ar. Em nuvem. O velho nunca se conformou.

Ele entra agora em um aposento ainda mais apertado que os anteriores. Ali, em meio aos livros, há jornais e revistas velhos por toda parte. E não só isso, mas também pedaços de madeira, placas de isopor e incontáveis sacos plásticos, alguns transparentes, dentro dos quais vemos objetos vários, pentes, baterias de relógio, interruptores, lâminas descartáveis, correntes — fragmentos de um mundo desfeito ao qual o velho pertenceu.

Ele começa a remexer nos sacos plásticos e encontra, afinal, alguma coisa: um par de óculos antigos, o aro de metal retorcido, com uma das lentes embaçada como o olho cozido de um cego. Sorri, é o que procurava. Torna a caminhar por entre os desfiladeiros de papel, com os dois objetos — o livro cor de caramelo e o par de óculos — apertados contra o peito.

Volta ao primeiro aposento e busca uma pequena clareira, junto à qual talvez tenha existido a janela do porão. Ali, através das pilhas de livros, surge, filtrado, um arremedo de luz. É diante desse facho tênue que o velho se curva e, equilibrando o par de óculos sobre o nariz, abre o livro que cheirou. Começa a ler, recebendo, através das pupilas dilatadas, todas as sensações que as páginas escondem.

Em pouco tempo, está mergulhado, sua mente vagueia pelas sensações do texto, como se o mundo em torno tivesse desaparecido. É assim que se sente toda vez que tem entre as mãos as páginas de um livro amado — e eles são tantos. Aquela impressão de aniquilamento, o não existir, o não ser, o ser apenas a história que emana das páginas. Uma sensação que só uma coisa é capaz de superar: o divisar de um livro raro, quando este ainda não lhe pertencia. Mas isso ficou no passado.

Se fechar os olhos, ainda pode experimentar o arrepio que lhe corria sob a pele, o coração batendo, a boca seca na antecipação do gozo, um lobo ao avistar a presa. Os médicos diziam que era uma doença, mas médicos não sabem nada. Quando ele se via diante de um livro raro, perdido no fundo de um sebo, em qualquer canto do mundo, era assim que reagia. E, daquele momento em diante, sabia que, custasse o que custasse, ele seria seu.

Torna a levar o livro ao nariz, cheira com volúpia. Pensam que ele ficou louco, mas não importa. É assim que quer morrer. Entre seus livros, os últimos livros. Sabe que é uma questão de tempo, eles virão. A alma boa que ainda lhe dá de comer acabará sendo descoberta e vão segui-la, não tem dúvida. *Eles virão*.

Quando as leis da purificação intelectual foram baixadas, ele começou a fazer as transferências. Tinha certeza de que ninguém sabia de seu esconderijo. Anos depois de fechada a última livraria, quando não existia mais nem rastro das antigas editoras, foi anunciada a norma de desinfecção dos ambientes urbanos. Os livros, disseram, causavam dano à saúde, o mofo, os ácaros, os parasitas inerentes à pasta de papel, toda a vida invisível neles contida provoca transformações cromossômicas, degradando os genes, garantiram.

A nova lei pegou muita gente desprevenida, muitos, que ainda amavam o livro analógico, que ainda acreditavam em coisas como tato, cheiro, rufar de páginas, que ainda lutavam em favor das estantes, com seu calor e colorido, muitos se surpreenderam. Ninguém acreditava que o livro pudesse virar crime. Tentaram reagir, alegar que era uma ingerência em seus assuntos particulares, vieram a público, se expuseram. Enfrentaram sem temor o exército de assassinos digitais. Mas perderam.

Acabaram todos desaparecidos. Muito provavelmente mortos. Houve relatos de casos de tortura, histórias sussurradas por bocas secas de medo, nunca ditas em voz alta, ninguém sabia ao certo o que era verdade, o que era invenção. Mas o velho sabia de pelo menos um caso verídico, de um homem, em cujo poder fora encontrada uma primeira edição de Hawthorne, e que fora colocado em uma máquina de sensações, aquelas geringonças que anulam a diferença entre real e virtual. O homem fora exposto às mesmas labaredas que um dia queimaram as bruxas de Salem, uma referência sádica à terra natal do escritor americano. As chamas eram de mentira, mas a sensação excruciante do fogo lhe subindo pelas pernas fez seu coração parar. Para todos os efeitos, o homem morreu queimado. O velho era amigo dele. Ouviu a história dos lábios da viúva, dias antes que ela desaparecesse.

Por isso, ele se precaveu. Ele sabia, sempre soube. Não acreditava na ameaça de transformações cromossômicas, claro que não. Sabia que era apenas um truque, a serviço de interesses secretos — nunca duvidou disso. Mas era preciso agir. Não podia perder tempo. Foi assim que buscou o esconderijo e começou a erguer as barricadas.

* * *

Torna a respirar fundo. *Cheiro de papel.* Um delicioso cheiro de papel. O mesmo cheiro que sentiu naquele dia, há muitos anos, quando entrou na Biblioteca de Salamanca, pensa o velho. E deixa fluir a lembrança.

Abre os olhos — está de novo na Espanha — e observa a estante à sua frente, os livros luzidios, perfeitamente ordenados, cheios de colorido e frescor, como se não estivessem ali há quatrocentos anos. Uma beleza. Naquele salão imenso, retangular como uma nave de igreja, com o teto abobadado das catedrais góticas, as estantes guardam o que de mais precioso se produziu na Europa nos últimos séculos. Os livros cobrem tudo, de cima a baixo. A luminosidade é pouca, mas é possível divisar as fileiras que se esbatem rumo ao teto, muitos metros acima, por entre passarelas de madeira clara, rajada, exibindo medalhões onde estão inscritos, em algarismos romanos, os números das seções. Parecem relógios de um tempo eterno, parados em um presente de sonho, que se alonga em arco, rompendo as barreiras e penetrando o infinito. E lá no alto, apenas nos cantos, estão as estatuetas, não de santos, mas de homens, homens que deram a vida pela palavra escrita.

Baixa os olhos. No chão encerado da biblioteca, entrevê a própria imagem, e começa a caminhar pelo salão, seguindo essa sombra. Enfia a mão no bolso e encontra o volume frio das chaves. Por enquanto, ele as mantém ali, isso lhe dá segurança. Sente o perfil denteado de cada uma, as hastes compridas, a argola que as prende. Pagou um preço alto por elas. Pelo instante de tê-las nas mãos, aquele conjunto de chaves, que lhe abrirão, ainda que por pouco tempo, talvez a porta mais secreta de toda a Espanha. O momento cintila em sua memória, a mão pegajosa, o olhar súplice, a boca entreaberta. O asco. O enorme esforço que teve de fazer para vencer o asco. Mas não deve pensar nisso agora. As chaves são seu tesouro.

Caminha. Passa pela mesa central, de madeira escura, quase negra, de pés torneados, sobre a qual está o globo terrestre, mostrando fronteiras que já não existem, um mundo há muito perdido. Chega afinal ao canto do salão, parando diante da porta de cofre.

Só então tira do bolso o molho de chaves, de metal escurecido, áspero. Enfia no orifício a primeira delas e gira a manivela do segredo, seguindo com todo o critério a combinação de algarismos que traz gravada no córtex. Aos primeiros estalos, a porta estremece, move-se, cede. E ele entra no cubículo.

Ao fechá-la atrás de si, não pode deixar de notar sua espessura, mais de um palmo de metal. Se alguma coisa acontecer, se ela enguiçar ou se ele esquecer o segredo — que de dentro para fora também é necessário —, vai morrer ali sozinho. Mas isso não o intimida, ao contrário, só o deixa ainda mais excitado, as veias latejando nas têmporas.

O aposento onde está agora é comprido, parece um corredor. Ao longo deste, há outras portas, menores que a primeira. Manuseia outra vez o molho de chaves, em busca das que têm a haste menor. São elas que abrirão os compartimentos secretos. Vai experimentando, uma a uma. Até que um som metálico anuncia: ele conseguiu.

Empurra e entra. A um toque de mão, penetra o paraíso. Todo o compartimento secreto, paredes, teto, chão, todo ele é recoberto por afrescos que reproduzem um céu azul, com nuvens. Uma luz indireta, suave, que se acendeu assim que ele entrou, traz para aquela irrealidade um matiz de aurora.

Assim que seus olhos se acostumam à nova luz, ele vê ao fundo, à direita, a grande cômoda onde estão — sabe bem — os incunábulos. Vai até lá. Abre a porta dupla, de par em par, e retira um deles. Com as mãos trêmulas, leva o pequeno volume para mais perto de um dos cantos de onde emana luz. Abre a primeira página e vê a capitular colorida, com bordas em ouro, tão consistente que parece impossível que um papel tão fino seja capaz de sustentá-la. Começa então a folhear, com todo o cuidado, as páginas sedosas, transparentes. Não, transparentes não. Finíssimas, sem dúvida, mas não translúcidas. A sombra das letras não atravessa de uma página a outra, a tinta negra foi posta ali na medida exata. *Escrever sem nódoa*. Fecha os olhos de prazer.

Mas quando torna a abri-los vê que o que tem nas mãos é, não um incunábulo, mas apenas o livro de lombada cor de caramelo. A recordação se esvaiu. Não importa. Ele esteve lá, jamais vai esquecer.

Sabe que hoje a biblioteca de Salamanca é uma enorme bolha de vidro, gigantesco sarcófago onde, de tempos em tempos, penetram homens vestidos com suas roupas de astronauta, para as rotineiras desinfecções. Os livros ali e em outras bibliotecas foram isolados, como últimos exemplares de uma espécie, assim como fizeram no passado com o vírus da varíola e da paralisia infantil. Mas ainda não descobriram como isolar o vírus do pensamento. E o velho pode voltar lá sempre que quiser. Em seu esconderijo, ele continua a sonhar.

Um dia, quando os tempos da repressão e da higienização maciça já começavam, ele fez um contato. Isso foi antes, muito antes, de erguer as barricadas, de se retirar para o esconderijo. Sentia que em breve a criminalização do livro seria uma realidade, embora isso ainda não fosse dito abertamente. A situação apenas começava a se deteriorar.

Lembrava-se do que acontecera ao tabaco décadas antes, as cruzadas que no início proibiam o fumo nos restaurantes e prédios públicos, depois nos parques e, por fim, nas casas. O cigarro — que um dia fora tão glamoroso, elegante e positivo — se tornara ilegal, e seus adeptos, uns párias. Intuía, desde então, que o mesmo acabaria acontecendo com o livro.

Tinha amigos nas sociedades secretas que ainda resistiam e foi através de um deles que ficou sabendo do encontro que aconteceria nos esgotos de Paris. Era ali, nas galerias, que se reuniam os antigos buquinistas, os mais tradicionais, inconformados. Era perigoso, ele sabia muito bem. Mas nada detém o homem que luta com a certeza de estar na luta certa, e defendendo a última fronteira. Nisso, eram parecidos com os heróis da resistência, cem anos antes, aqueles que levaram filmes, livros e até garrafas de vinho para os subterrâneos e salvaram muita coisa das mãos dos nazistas.

Chegou a Paris em uma manhã cinzenta. Mal deixou as malas no hotel, desceu a pé em direção ao rio para cumprir o ritual de sempre, caminhar junto ao parapeito de pedra — onde ainda restavam marcas dos ferros que por tantos anos sustiveram as caixas de madeira verde — e ir até a Pont des Arts. Fechou a gola do casaco em torno do pescoço e caminhou até o centro da ponte. Parou ali e ficou olhando a Île de la Cité cortando o Sena ao meio, aquela beleza construída pelo homem, o mesmo animal capaz de cometer atrocidades. Sentia-se bem ali, naquele ponto que era Paris em sua essência, a cidade amada que um dia fora símbolo do livro, das livrarias. O céu cinzento, os reflexos nas águas, as construções imutáveis eram, ainda, uma ilusão de que tudo continuava como antes.

Da ponte, voltaria ao Boulevard Saint-Michel e subiria rumo à região da Sorbonne, tornando a descer mais adiante, outra vez na direção do rio. Foi o que fez. Enveredou pelas ruelas entre Saint-Germain e o Sena, dando voltas e mais voltas pelas ruas do Quartier Latin, à espera de que a luz baixasse. Não tardaria a anoitecer. Às vezes, virava bruscamente uma esquina, ou penetrava uma arcada e se colava à parede, para ter certeza de que não estava sendo seguido, embora se sentisse um pouco ridículo naquele papel de coadjuvante de filme *noir*.

Passava das quatro da tarde — mas já estava escuro — quando ele chegou ao ponto indicado, no Quinzième, de onde divisava, ao longe, na penumbra, a gigantesca silhueta da torre. Olhou em torno. A rua, vazia, brilhava de umidade, refletindo a luz triste dos lampiões. Diminuiu o passo, parou. Mais uma olhada em volta, dessa vez mais rápida — e desapareceu pelo vão.

Era uma entrada quase imperceptível, pouco maior que um bueiro, apenas sem tampa e com quatro degraus. Um homem muito alto ou muito gordo não passaria. Ele, que já se sentia um velho para outras coisas, passou fácil, suas pernas ágeis, ainda fortes, o levaram pelos poucos degraus abaixo como se fosse água. Em um segundo, estava dentro da galeria, os olhos muito abertos, tentando se acostumar ao escuro que o circundava.

As paredes transpiravam, o chão era escorregadio, precisava tomar cuidado. Tirou do bolso a lâmpada portátil, de raios azulados. Acendeu. No mesmo instante, o mundo subterrâneo se materializou à sua volta, com seus corredores em arco indo em todas as direções — as mesmas pedras que um dia tinham acolhido Jean Valjean. Mas, ao contrário do herói trágico de Victor Hugo, o velho sabia para onde ir, tinha indicação precisa sobre qual corredor escolher. E começou a caminhar muito lentamente, azulando as paredes à medida que passava.

Depois de dez minutos já ouvia ao longe, junto com o sussurro das águas, um rumor que lhe pareceu de vozes humanas. Mas talvez estivesse enganado. Apressou o passo. Ia agora por um túnel mais estreito que os demais. Era em curva e, mesmo iluminado por sua lâmpada, parecia mais opressivo, sufocante. Parou um instante para respirar fundo. Olhou para trás e viu que a escuridão tornava a se fechar assim que ele passava. Sentiu uma pontada de pânico, lembrou-se de um dia quando era menino e, brincando de se enrolar na cortina da sala, sentiu-se de repente preso dentro de um tubo escuro, apertado. Tinha desenrolado a cortina o mais depressa que pôde, mas naqueles poucos segundos foi como estar enterrado vivo.

Tornou a olhar para a frente, tentando afastar os pensamentos claustrofóbicos. As vozes, precisava se concentrar nas vozes — agora tinha certeza, eram rumores humanos. Mais alguns segundos e viu, além da curva, um reflexo avermelhado, misturando-se à sua luz azul. Eram eles, estava chegando. Só então, pela primeira vez — embora caminhasse nos esgotos havia mais de dez minutos —, só então sentiu, em toda a intensidade, o cheiro.

Fez um esgar. Na luz azulada, a expressão poderia ser confundida com um sorriso, mas era asco. Enquanto trilhava os túneis, seus sentidos estavam tão concentrados em tomar o caminho certo que ele não sentira o cheiro pútrido. A galeria já não era usada havia muitas décadas, as águas que minavam das paredes eram puras. Mas os dejetos que por ali passaram ao longo de séculos tinham deixado marcas. No emaranhado de túneis, o cheiro ficara preso, como uma alma penada.

O volume das vozes subia, ele foi em frente. Quando desembocou na clareira, viu os focos de luz vermelha, pequenos pontos de laser no alto das varas, chumaços de algodão incandescente. Todos convergiram para o centro, em um movimento de perfeita sincronia, à espera. E ele pronunciou a senha em voz alta, para que não restasse dúvida.

— *Le mot juste!*

Todos os pontos de luz voltaram à posição original em um segundo.

Ele se aproximou. Com um clique, sua própria lâmpada azul se transformou em vermelha, enquanto a haste se alongava. E o velho tomou lugar no fogo de conselho.

Era a reunião dos loucos, últimas testemunhas de uma era, nos subterrâneos de uma cidade decadente, a mesma cujo bairro universitário tivera um dia mais livrarias do que muitos países inteiros. Estar ali, em meio àqueles homens que erguiam seus totens high-tech, era como flutuar em um mundo de sonho. Fechou os olhos e sentiu — sentiu fisicamente, não foi impressão — o sinal que latejava no meio da testa, emitindo calor. Concentrou-se. Percebeu quando a energia, ora vermelha, ora azul, emanava daquele ponto central, dois dedos acima de suas sobrancelhas. Aos poucos, as duas cores se misturaram, ganhando uma tonalidade alaranjada, que crescia, se encorpava, passava a emitir pequenos raios que ultrapassavam sua testa. Respirou bem devagar, a língua solta dentro da boca, para que o ar não se prendesse e as paredes não se fechassem. Sentiu o laranja que se espalhava, para dentro e para fora, em todas as direções.

Quando afinal abriu os olhos, observou os homens de pé, enfileirados, com seus totens de laser. Estava na hora. Juntos, inspiraram fundo. O velho ouviu os rumores que os outros começaram a emitir, ouviu o som grave da própria voz, subindo, amoldando-se às outras. Em uníssono, emitiram a nota gravíssima, que foi em um crescendo, até se transformar na vibração mais rara, o mantra secreto que faria abrir a porta.

A vibração da nota grave, cantada assim, por tantas vozes masculinas, fez primeiro estremecer o chão, as paredes de pedra. Depois, foram as luzes dos totens que, tocadas pela estranheza daquela faixa vibratória, se acenderam mais, ganhando novo brilho, e começaram a disparar chispas. As chispas logo se transformaram em raios, raios laser que se uniram em uma teia de luz. O zumbido tornou-se ensurdecedor, os próprios homens que o emitiam pareceram prestes a sucumbir ante o poder do som — quando então, com um rugido ainda maior, uma fenda se abriu na rocha. Era a porta.

Os homens com seus totens se moveram devagar, um passo depois do outro, mas nessa hora já não havia no ar da caverna um só murmúrio, nada. Era como um filme mudo. Tamanho silêncio não podia ser natural, eles estavam, talvez, penetrando em outra dimensão, pensou o velho. Seguiu, mudo como os demais, a cabeça baixa. Não ouvia sequer a própria respiração. Talvez não respirasse mais, talvez estivesse morto.

A porta aberta pela força da palavra, como a caverna de Ali Babá, foi transposta pelo grupo. Quando todos estavam lá dentro, e só então, o velho ergueu a cabeça e olhou em torno. Viu que todos os companheiros faziam a mesma coisa, juntos, no mesmo instante. O lugar era exatamente como sempre imaginara. A Biblioteca de Babel, de Borges — só que muito, muito mais grandiosa. O aposento onde estavam era, sim, hexagonal, com quatro das seis paredes forradas de livros de alto a baixo, exatamente como fora descrito décadas antes pelo escritor argentino. Mas, em vez de apenas trinta e dois volumes enfileirados em cada prateleira de cada lado do hexágono, a sala que o velho penetrava agora era imensa, contendo, já, uma sensação de inacabável. No conto de Borges, cada hexágono era pequeno, embora em número infinito, formando, assim multiplicados, uma casa de abelha do tamanho do universo. Mas aqui cada hexágono parecia não ter fim.

Enquanto o grupo caminhava, devagar, em direção ao centro do salão, o velho tentava calcular o tamanho daquele pé-direito. Não menos de cinquenta metros de altura. Nas duas únicas paredes não totalmente cobertas de livros havia, em cada uma, uma porta, também como no conto. E as portas davam para pequenos vestíbulos que, por sua vez, levavam — ele sabia — a novos salões, que se repetiam até o fim do espaço e do tempo.

Sempre como descrito por Borges, bem no meio do salão havia um tubo de ventilação, cercado por um gradil de ferro trabalhado, mas os homens, de forma instintiva, procuraram se manter distantes daquele núcleo, pois sabiam que quem chegasse muito perto podia ser tragado pelas correntes de ar, ascendentes e descendentes. Aos poucos, afastaram-se uns dos outros, espalhando-se pela sala, examinando em silêncio as estantes. O velho se encaminhou para uma prateleira à esquerda da entrada, onde os livros lhe pareceram ainda mais antigos que os demais. Chegou perto. Esticou o braço direito e, ao acaso e sem olhar, tocou um livro na estante logo acima de sua cabeça. Como um cego, tateando, sentiu as letras em alto-relevo na lombada. Um arrepio inexplicável percorreu-lhe as costas. Olhou para cima, franziu a testa. Não conseguia enxergar o que estava escrito, mas tinha um pressentimento. Subiu ainda mais na ponta dos pés, estendeu o braço ao máximo e puxou o volume. Seus dedos trêmulos, alvos, abriram a capa. E, com a garganta trancada, e uma sensação paradoxal de déjà-vu, leu o que estava escrito na folha de rosto: seu próprio nome.

O velho aperta contra o peito o livro cor de caramelo. Reluta em abrir os olhos, para reter mais uma vez o sonho, o momento. Sabe que seu tempo se esgota. Seu nome, seu próprio nome também está aqui na página de rosto, na dedicatória feita em caneta-tinteiro, com aquela letra que pertence a uma realidade aniquilada. Os sinais são claros, não há saída.

Com grande dificuldade, ergue-se e deixa o pequeno refúgio. Abraçado ao objeto adorado, retoma sua caminhada por entre as pilhas de livros, os desfiladeiros sombrios, fedendo a mofo, podridão e morte. Mas sente-se vivo, talvez como nunca antes. A noção aguda de que o fim se aproxima faz com que seus sentidos recebam todos os estímulos com vigor redobrado, enquanto ele se põe de novo a caminhar por entre os livros que o abraçam, que o abraçaram sempre.

Sua boca está seca, outra vez. Precisa retomar o caminho de volta à bica onde mata a sede, embora saiba que é perigoso, cada vez mais perigoso.

Está quase chegando lá, ao nicho que fica perto da porta — quando ouve os primeiros sons. *Eles estão chegando!*

Gira sobre si mesmo e dispara em direção aos aposentos mais secretos. Faz isso com uma rapidez que já não pensava ter. Está quase correndo agora. À medida que se embrenha pelos corredores, tem a impressão de que a casa, seu esconderijo silencioso de tantos anos, estremece inteira. Mas é isso que quer, é isso mesmo. Como um animal em desespero, sabendo-se presa condenada, quer atrair seus caçadores para o fundo da toca — e morrer com eles lá dentro.

Forçando a passagem, sacode as pilhas mais altas, que se inclinam perigosamente. Corre pelos desfiladeiros de livros como um possesso, dando tapas, empurrões. Sente nas narinas a poeira de décadas, as partículas venenosas que se desprendem das capas ante os movimentos mais bruscos. Seus olhos ardem, lacrimejam. Talvez esteja chorando. Mas não, não — o velho sorri.

Está sorrindo agora.

Parou por um instante, ofegante, a mão no peito. Mal consegue respirar. Está diante da pilha mais alta, aquela em que juntou, com todo o cuidado, por um tempo impossível de medir, os livros mais raros, aqueles conseguidos através de leilões, disputas, jogos, aqueles para os quais deu vida, sangue, honra, seu corpo, tudo. Aqueles pelos quais precisou matar, um dia. É diante dela, dessa pilha, no corredor mais fundo, no aposento mais secreto e escuro, que ele fica parado — à espera.

Aguarda em silêncio até o último segundo. Só quando ouve o som das botas, o ruído abafado contra o chão — são muitas! —

chegando cada vez mais perto, ele se agacha. Escolhe um livro que está bem perto do chão, o marroquim vermelho escurecido como sangue coagulado. A Bíblia de Mogúncia, o exemplar mais precioso. Estende as mãos, amolda os dedos, fecha os olhos e puxa. Puxa com toda a força.

E todos os livros vêm abaixo em um só instante, como se o chão se abrisse e a casa ruísse sobre si mesma, a Casa de Usher, o caos. Um último hausto, uma sensação aguda, olhos muito abertos na escuridão e ele percebe que está morrendo a morte que sempre quis. Gritaria de felicidade, se ainda pudesse gritar. Mas não pode. Não mais. As portas da caverna se fecham para sempre.

Em preto e branco

Tudo se desenrola como sonho, ou filme. Não há diálogo, só música. O tempo é o tempo de execução da valsa "Danúbio azul", o arranjo clássico, de um velho LP, todo arranhado, que se punha para tocar nos dias de festa. É um clichê, não importa, a escolha foi dela. Os velhos gostam dos clichês, amam tudo o que é gasto, as superfícies polidas, onde todos os caminhos são reconhecíveis.

A tela se abre, retangular. Na sala escura, ela tem um brilho interno, que nos chama. Por um tempo, só a tela existirá, nós seremos anulados em nossas poltronas, não teremos braços, pernas, rosto, nada. Serão doze minutos.

Nos primeiros segundos ainda não há música, apenas silêncio. A câmera mostra o salão ainda envolto em sombras, mas já todo preparado, como se à espera de uma festa. É uma sala clássica, de algum palacete do começo do século XX. Pé-direito alto, paredes de espelhos *biseautés* com molduras douradas; janelões de onde descem cortinas de voile finíssimo, ladeadas por outras de veludo vermelho; teto de sancas, também douradas, tendo ao centro um enorme lustre com pingentes de cristal. Nos quatro cantos do salão, cômodas de madeira trabalhada, com frisos de ouro, recebem, cada uma delas, um enorme vaso de porcelana com um arranjo de flores. São lírios, angélicas, cravos, rosas-chá, cujas pétalas claras devem emanar um perfume suave. Tudo isso é apenas divisado, pois a sala ainda está quase que completamente às escuras. No chão de mármore de Carrrara, com *cabochons* na junção das pedras, um desenho forma no centro do salão uma rosa dos ventos.

De repente, há uma transformação.

O ambiente continua às escuras, mas um facho de luz surge junto a um dos portais. Em seguida a luz se move em direção ao centro do salão, trazendo em seu bojo uma mulher, que pisa o chão como se flanasse.

É magra, muito magra, e veste um vestido longo cor de pérola, de cintura marcada e saia ampla. Os braços descarnados estão cobertos por luvas compridas, que sobem até o antebraço. O cabelo é de um louro acinzentado, quase prata, mas a leveza de toda a figura nos impede de, à primeira vista, determinar sua idade. Até que outros passos soam no salão e ela ergue o rosto. Vemos, então, que é muito velha. A face, sulcada, recebeu uma leve camada de pó, e os lábios foram realçados por um batom cor de carne. Os olhos cintilam, aquosos.

O facho de luz se alarga. Os passos que ouvimos há pouco, do outro lado do salão, são de um homem jovem, vestido de fraque preto, que agora se aproxima, entrando no campo de luz. É moreno, alto, de cabelos negros e encaracolados. Seu rosto, bem barbeado, mas ainda mantendo uma sombra azul, exibe maxilares largos e um pequeno furo no queixo. Olhos negros, como o fraque. Tem uma beleza máscula, quase ameaçadora. Quando chega diante da mulher, faz uma mesura e estende a mão, exibindo um meio sorriso, no canto da boca um ricto de crueldade.

A mulher dá um passo à frente e o rapaz a enlaça pela cintura com o braço esquerdo, enquanto sua mão direita recebe a mão enluvada. A velha não sorri, está séria. Seus olhos têm uma cintilação quase sobrenatural — olhos de boneca em filme de terror.

No instante em que as mãos deles se tocam — em perfeita sincronia com esse gesto —, soam os primeiros acordes da valsa, delicados, lentos, quase arrastados.

A última dança vai começar.

Como transformar música em imagem? Ou em palavra?

Os primeiros acordes, alongados, de uma delicadeza triste, tocam o casal. Velha e jovem dão os primeiros passos, miúdos, ainda, pisando os diferentes matizes da rosa dos ventos, mas ainda se mantendo dentro de seus raios. Apenas no centro do salão, onde eles estão, há luz. Os cantos, os janelões com suas cortinas, o teto, tudo permanece imerso em uma luminosidade difusa.

Cada passo dos dois é medido, pensado. É possível divisar as pontas finas dos escarpins acetinados sob a bainha do vestido longo. Também eles são cor de pérola. Aqueles pés minúsculos se movem com uma agilidade que surpreende, conduzidos pela firmeza do homem, sim, mas também pela força do sonho. O sonho está em tudo. Até em nós que, daqui, imersos em nossas poltronas, assistimos à cena em silêncio, transportados para a tela prateada.

Após o começo suave, em que os violinos parecem sons deslizando em uma superfície gelada, dá-se a primeira mudança — e notas salpicadas, em soluço, transformam de forma sutil o passo dos bailarinos. Como se dedos pressionassem teclas ou puxassem cordas, em beliscões, pizicatos, as notas quentes conduzem a pequenos saltos. E os passinhos ligeiros da velha podem ser perfeitamente percebidos no movimento dos escarpins, surgindo sob o vestido.

A melodia torna ao primeiro movimento, mas agora com um pouco mais de força. De novo o escorregar, novamente o par deslizando, dessa vez se aventurando pelo salão afora, pisando o chão de mármore, deixando para trás o conforto do centro, a rosa dos ventos. O escorregar alterna-se com a melodia delicada e soluçada, repetidas vezes, mas aos poucos a música se encorpa e, em uma dessas mudanças, quando já estamos prontos para mais uma repetição das notas salteadas, dá-se uma transformação repentina e espetacular: todas as luzes do salão se acendem no mesmo segundo e, em lugar do pequeno riacho de águas límpidas, surge a fabulosa queda-d'água, o troar de uma orquestra inteira, violinos à frente, tornando imperativo um deslizar mais largo, mais afoito do casal, que, de três em três compassos — o primeiro sempre mais forte, *um*-dois-três-*um*-dois-três-*um*-dois-três —, rompe a barreira da luz e começa a tomar conta de todo o espaço.

A sensação de poder transparece nos olhos aquosos da velha. Êxtase é a palavra que nos vem à mente ao ver essa mulher flutuando pelo salão, nos braços de um rapaz jovem e belo. Enquanto a valsa dobra e redobra seus volteios, enquanto o tecido cor de pérola flutua, par em par com a cauda negra do fraque, enquanto os braços enluvados se agarram à nuca do rapaz, os cinco dedos espalmados no espaço entre o colarinho e o encaracolado dos cabelos, enquanto isso, nós, que tudo sabemos, assistimos à dança com um nó na garganta. Conhecemos o final do filme.

Ela escolheu tudo, cada detalhe. O salão, as luzes, o parceiro, a roupa, as flores. A valsa. Juntou todas as forças que lhe restavam para esse momento, a dança com que sempre sonhou. Investiu nisso tudo que tinha, inclusive o pulsar do sangue, as batidas do coração. Sabe que não resistirá, nada pode restar depois do último acorde, o último volteio — mas a velha quis assim.

Ela vai morrer. *Ela escolheu morrer.*

Agora é um momento feroz, em que a melodia parece sacudir o ambiente com chicotadas, três de cada vez, arrastando o casal em loucos rodopios, por todos os cantos do salão, girando, girando. Diante de nós, a imagem começa a ficar leitosa, desfocada, o tecido perolado quase se funde às luzes do imenso candelabro que pende do teto, ao voile das cortinas, ao tom claro das flores. Enquanto rodam nesse carrossel alucinógeno, a cada volta da valsa, os dois, homem e mulher, jovem e velha, vão aos poucos se transformando.

Ela se torna cada vez mais diáfana, a pele ganha uma palidez de pétala, toda ela parece agora flor, mas flor de pano, matéria inanimada, seca, apenas seus olhos ainda cintilam. O homem, ao contrário, ganha força. Os braços que enlaçam e sustentam, aqueles braços cobertos de pano negro, como negros são os cabelos, têm mais e mais substância. Parecem receber nas veias a última seiva de sua antípoda, dela se alimentando. E, a cada compasso, a cada nota, a figura do jovem vai ficando mais nítida, enquanto a da velha se esbate, misturando-se à luz.

Em mais de um momento, a dança atinge um ápice, todos os instrumentos parecendo caminhar juntos para um *grand finale*, mas há sempre uma reversão de expectativas, retrocesso em que a melodia recupera toda sua delicadeza. Ao fim de várias idas e vindas, o casal parece movimentar-se mais devagar, na verdade muito mais devagar, talvez em câmera lenta, e é em um desses instantes que nós — em silêncio, os dedos frios cravados no couro das poltronas — percebemos o sorriso no rosto do rapaz. Dentes muito brancos, pontiagudos, faíscam. Ele solta uma das mãos, mantendo a mulher presa apenas pela cintura, e o braço esquerdo da velha, assim liberado, cai ao longo do corpo. O homem então se inclina em direção ao ser diáfano que tem nas mãos, e seu rosto desaparece por entre os cabelos cor de prata.

No segundo seguinte, a melodia torna a explodir, agora com força máxima. É o fim que se aproxima. Na derradeira volta, o casal se funde em um só vulto, em preto e branco, que gira e gira e gira, quase a ponto de nos enlouquecer. E quando a orquestra se cala, desce sobre tudo e todos um silêncio imenso.

Ninguém ousa se mexer, nem no salão, nem no cinema, em parte alguma. E é só depois de muito tempo que absorvemos a cena que se congelou na tela: de pé sobre o chão de mármore, o jovem vestido de negro segura nos braços um amontoado de tecidos cor de pérola, cujos drapeados deixam entrever o rosto sem vida de uma boneca de pano.

A morte sem revolta
[13h55 de 4 de janeiro de 1960]

Quando eu morri, pensei que fosse um sonho.
Tudo veio aos pedaços, trechos do que escrevi, letras, algarismos, interrogações, ganchos se cravando na carne dilacerada. Eu me fundi com meus escritos, naquele último instante — e não tive medo algum. A morte é fragmentada. É vã a tentativa de ordenar a vida, tudo converge para o caos. Mas é um caos rico, repleto, a morte nada tem de vazio.
Enquanto o som dos estilhaços crescia de dentro para fora à minha volta, cada ínfimo fragmento de vidro, metal, osso, pele, tudo se transmutava em recordação. Formas e cores, sim, mas sobretudo cheiros. O odor de mosto na fazenda em Mondovi, o cheiro gostoso de esterco no quarteirão das estrebarias, o perfume palpável da laranjeira que floria sobre os muros, a pele recendendo a mar e sol, o odor de mijo e especiarias nos cômodos miseráveis que eu amava, o siroco, a poeira, as areias, trazendo de longe os outros cheiros, desconhecidos. E, mais do que tudo, o verniz das réguas, a tinta roxa dos tinteiros, matéria primeva da minha libertação.

* * *

As horas extremas, nascimento e morte, as duas pontas a que ele assistiu, com seus olhos sobrenaturais. A casinha caiada de branco, com alisares de um azul desbotado, o eco das patas do cavalo no chão de terra batida, a vegetação rasteira, os espinhos, o mato queimado, as videiras. *Ele estava lá*. Ele voltou pouco antes de morrer. E, embora nada encontrasse, recuperou em pensamento a casa escura, com a pequena escada recoberta de ladrilhos vermelhos e as sombras que se moviam nas paredes, projetando o fogo da lareira naquela madrugada de outono. Assim, assistiu ao próprio parto, como um dia assistiria, em câmera lenta, à própria morte.

Mas vamos deixar que ele fale, que a história se faça em sua mente, que será também a nossa, desde o princípio. Ele é ainda um menino. Albert é seu nome, tem cabelos negros e olhos miúdos, penetrantes, que absorvem cada detalhe do universo à sua volta.

Os mesmos olhos que abre agora. Os pequenos globos de carne se movem de um lado a outro nas órbitas, procurando, perscrutando. A penumbra é riscada por estrias de luz, que penetram através da veneziana, o sol do deserto se imiscuindo pelas frestas, assanhando as moscas, que zumbem em seu voo atormentado. Sente, sob a pele das costas, o forro do catre, o calor que parece vir do centro da terra. E ouve, por entre os zumbidos das moscas, a respiração pesada da avó.

Está preso entre dois desertos. Vira-se e observa o perfil da velha, seu nariz de asas abertas, o pano sobre a testa. É a *benidor*, a hora da sesta. A avó se deita com ele para que o menino não fuja. Ela é a parede que o separa do mundo, das ruas poeirentas, do campo de futebol, do mar morno de verão, dos ventos selvagens que lhe batem o rosto. Da liberdade.

Suspira. Sente vir, através das frestas, junto com o sol, o aroma da laranjeira — a bela árvore que floriu, ninguém sabe como, naquele pátio sombrio e miserável. A leveza do perfume se mistura aos odores mais pesados, de suor, especiarias, gordura rançosa e excremento, que enchem a casa. Suas narinas abertas recebem todos os cheiros a um só tempo, mas ele separa cada um em um escaninho da memória e de alguma forma sabe, desde já, que há de reconhecê-los um dia, no momento exato. Quando chegar a hora.

Conseguiu. Encostado à porta, já do lado de fora, espera — mas nada acontece. Nenhum rumor, nada. Tem vontade de gritar, é muito raro dominar assim os músculos, a respiração, as cócegas do suor que escorre pelas costas, calcular cada mínimo movimento, ter toda a paciência do mundo, esgueirar-se como um lagarto em direção ao pé da cama para que ela não perceba. Mas conseguiu. A avó não acordou.

Seus pés descalços sentem o calor do chão, no escuro não pôde encontrar as sandálias. Mas sabe o caminho da fuga: como o quarto dá para o pátio onde floresce a laranjeira, segue o aroma das flores. São cheiros assim, cítricos, leves — que o salvam. O menino precisa deles, sente-se sufocar.

Seus sentidos inquietos a tudo observam, ele é o receptáculo captando todos os sinais, a pele como em carne viva, aberta a qualquer estímulo. Tudo que o toca, seja através de que sentido for, penetra a carne, funde-se ao sangue, deixa rastros perenes. De alguma forma ele sabe que essas marcas formarão um mapa, com o qual se orientará pela vida afora. Tudo ali é eterno. Nunca vai esquecer.

Em poucos segundos, está caminhando pela rua.

Descalço, segue pelo chão de terra fumegante, um vulcão

a seus pés, tentando se amparar nas sombras dos fícus. Não pode ir muito longe, mas irá pelo menos até a fonte redonda, o repuxo que, neste começo de verão, ainda tem um resto d'água em seu fundo. As ruas estão desertas, é hora da sesta, mas o sol que cega é também seu trunfo, a garantia de que poderá agir sem testemunhas. Caminha, sozinho e selvagem, com sua retidão instintiva, seu senso absurdo de justiça, único na coragem de desafiar as regras, ainda que pagando um preço por isso.

Chega à praça. Não há ninguém ali.

Deixando as sombras das árvores, anda para o centro a passos largos. A terra queima, é preciso correr, atravessar o pequeno deserto que o separa da fonte, seu oásis.

Sorri, ao se aproximar. Há, como previra, ainda um pouco da pasta verde, resto das chuvas que não caem mais, o limo que ficou, petrificado, mas que, se pisado, ainda emana um frescor de primavera.

O menino salta a mureta de pedra e, com cuidado, planta os pés na lama verde, onde ainda estão incrustados restos de frutas podres, cascas de melão, metades de laranja. Com os dois pés afundados naquela pasta, fecha os olhos e respira fundo. Há um poder ali. O líquido concentrado é mais do que água — é essência, é alma. Enfiando os pés naquela pasta, sente como se estivesse em mar aberto, com todo o oceano à sua volta, a pele pejada de sal.

— Você é um mentiroso!

O menino ouve aquilo com a boca seca, o coração aos pulos. *Mentiroso.* A avó está certa, era mesmo.

— Mas eu senti cair! — insiste.

Ela olha para ele, dúvida nos olhos baços. Mas só por um instante. Sabe muito bem que ele está mentindo.

— Não tinha nada lá dentro!
— Deve ter descido...
— Se você mentiu, eu vou descobrir. Aí não vai ter perdão.

E sai para a cozinha.

O menino fica só, a garganta fechada por uma mistura de medo, remorso e fedor. O cheiro da latrina entra-lhe pelo nariz, mas estaca ali, na glote. Não desce. O medo não deixa. Sabe o que o espera se a avó descobrir, o horrível nervo de boi, o chicote que fica atrás da porta, que lhe abriria nas pernas e nas costas uns veios de fogo.

Sai correndo até a rua. Ali fora, sente-se melhor. O bater das sandálias no chão seco, a poeira subindo, o sol ardendo na nuca, tudo faz parte de um mundo seu, onde não tem muito a temer. Começa a andar em direção ao campo. Foi ali, naquele caminho, que teve a ideia, de manhã. Estava indo para casa, depois de comprar manteiga e açúcar a mando da avó, quando ouviu o barulho da moeda caindo na calçada. Tinha escapulido por um furo em seu bolso. Abaixou-se e agarrou-a com força na palma da mão, tomado pelo susto de quase tê-la perdido.

E foi nesse instante que lhe veio a ideia.

Ele poderia *dizer* que perdera a moeda. Dois francos eram o preço da entrada para uma partida de futebol. Talvez a avó o obrigasse a levá-la por todo o percurso até o mercado, à procura do dinheiro perdido. Mas ele podia alegar que a moeda tinha caído dentro da latrina.

Seu plano dera quase certo. Não podia imaginar que a avó tivesse coragem de fazer o que fez.

Sente uma contração no estômago. A visão daquele braço branco e fino, de pele enrugada, no momento em que a avó arregaçou a manga para enfiar a mão dentro do vão da latrina, à procura da moeda de dois francos, agora o acompanha. O contraste entre aquele lugar de negror e a fragilidade do braço da velha.

Nova pontada no estômago. Mas ele sabe que não é nojo. É remorso.

Pode ter sido uma vingança.
Ou não, talvez a avó nem imaginasse o terror que o menino sentia. A morte para ela não significava nada, era uma coisa comum, com a qual precisava conviver, como o trabalho ou a pobreza.
Para o menino, não. A cada passo, a cada degrau descido, seu estômago se fechava mais, e ele o imaginava como sangue pisado, feito da mesma matéria escura que o circundava. Ia contando os degraus, pois enxergava cada vez menos. Assim que chegasse lá embaixo, tinha de virar à esquerda e ir tateando por aquela escuridão cada vez mais densa, até alcançar a porta dos fundos, que dava para o pátio. Muito devagar, seguiu.
Seu pé direito, arrastando no chão, lhe informou que a contagem estava certa, haviam acabado os degraus. Alcançar e abrir a porta foi fácil. Mas ele sabia que o pior estava por vir.
O fedor do galinheiro invadiu suas narinas. Não era ruim de todo. Era um odor abafado, feito de merda e comida podre, mas era um cheiro que tinha outro lado, e o remetia à alegria de um almoço festivo, com frango assado, coisa tão rara. Foi a recompensa da carne, a memória dela entre seus dentes, a gordura quente escorrendo pelo canto da boca, foi isso, só isso, que lhe deu coragem para ir em frente no pátio escuro e penetrar pela pequena porta de madeira e tela.
Trancou com força a garganta, tentando não respirar. À sua volta, as aves se debatiam com a chegada do intruso, soltavam sons agudos que pareciam a gargalhada de um louco. No escuro, era como estar no centro de um pesadelo. O menino sabia que precisava agir rápido, única forma de sair logo dali. Esticou a

mão às cegas e seus dedos envolveram um caniço frio e áspero como a pele de um réptil. Era um pé de galinha. Fechou a mão como se disso dependesse a vida. O medo foi invadido por uma sensação de força. Ele tinha ali poder de vida e morte.

Engatinhou de volta para fora, através da portinhola, segurando a galinha. Assim que se pôs de pé, enfiou-a sob o paletó e ela, que até então não parava de se debater, acalmou-se um pouco. O menino tateou de volta pelo pátio em direção à porta dos fundos, depois pelo corredor que ia dar na escada. Tudo agora era mais difícil, pois ele não podia contar com o braço direito, que agarrava a ave. Mas ela estava quieta, cada vez mais quieta, parecia conformada. *Ela já sabia.*

A avó recebeu-o na cozinha com um sorriso. Comentou alguma coisa sobre ele ser corajoso, mas logo o menino percebeu que o elogio tinha um preço: a avó pediu que ele ficasse para ajudar a matar a galinha.

Assentiu, passando na beirada da mesa a mão de dedos frios. Já tinha participado do ritual de matança, mas a cada vez seu asco se renovava, não tanto pela morte lenta, pelo olhar da ave, pelo pequeno corpo sacudido por soluços, nada disso, mas sim por causa do cheiro de sangue. O cheiro sempre foi a pior coisa.

Com os rins encostados na pia, olhava, hipnotizado, para a cena do sacrifício. Não piscava. Mal respirava. Não movia um músculo. Temia desencadear a tormenta, um pesadelo, o pior dos pesadelos, aquele em que via a galinha fugindo com o pescoço pendurado, o sangue esguichando nos ladrilhos brancos, a avó gritando atrás. Tudo por culpa dele, tudo por culpa dele. Não, não podia fazer um gesto. Pressentia, sem ver, a presença das moscas em torno, as grandes moscas verdes e lustrosas, que param no ar em pleno voo, imundas, lindas, parecendo contas de um colar.

Sentada em um banquinho, com a galinha presa entre as pernas, a avó começou o ritual. Era lento, lentíssimo. O sangue precisava ser recolhido ainda quente para não talhar, não coagular antes da hora. Para isso, a degola não podia ser muito rápida. O menino suava, sentia as gotas deslizando pela testa, pela nuca, gotas que, contra o sol, também brilhariam, teriam sua própria beleza, como as moscas. Precisava pensar em qualquer coisa longe dali, tinha vontade de correr. Mas não ousava fazer nada, sabia que, se fugisse, seria muito pior.

Imensos minutos depois, a avó lhe ordenou:

— Segure o prato.

O menino se aproximou, as pernas aguadas, os lábios colados de medo, de horror. Pegou o prato de ágata cheio daquele líquido de um vermelho escuro como o vinho, só que mais espesso. O sangue já começava a coagular.

O menino percebeu quando o pai entrou em casa, de madrugada. Viu seu rosto pálido sob a luz da lamparina, as mãos trêmulas segurando a cabeça. Viu, também, quando ele se levantou e foi até o cubículo vomitar. Naquela noite, o pai saíra para assistir à execução em Sahel. Quando voltou, ainda estava escuro. Ficou horas sentado na cozinha, os olhos fixos à frente, e o menino espiando.

Olhou para o pai o quanto pôde, mas quando percebeu, pela fresta da persiana, que o céu começava a ficar lilás, voltou para o quarto e pulou por cima do irmão, tornando a deitar-se colado à parede. Ali dentro, no quarto que dava para o pátio dos fundos, ainda era noite fechada. O rosto do pai, tão destroçado, lhe ficou nas retinas.

O que era isso que tinha tamanho poder, capaz de desfazer um homem? O que era a morte, afinal?

E foi assim, no escuro daquele resto de noite, que o menino sentiu pela primeira vez o horror — o medo da morte. Não o medo do desconhecido, ou do aniquilamento, mas a angústia inominável de morrer sem conhecer a verdade, sem desvendar o segredo.

Daquela noite em diante, por todas as décadas seguintes, ele se perguntou se acaso não teria — nem que fosse no último segundo — a explicação. E era a angústia dessa dúvida, mais que o medo de morrer, que o assaltava, sempre.

Não, não é verdade, nada disso é verdade. O menino não viu nada, não poderia ter visto, seu pai morreu quando ele tinha apenas um ano. Ele só *imaginava*, era tudo. Pela vida afora, via e revia aquele rosto desfeito, o rosto que não conhecera, mas cuja angústia noturna chegara até ele. Quem lhe contara, quem lhe dera os detalhes? Ele não sabia. Mas podia ver o rosto do pai na luz amarela da lamparina, sua palidez, a náusea. Nunca souberam lhe explicar o que acontecera, o que se passara no patíbulo, na madrugada em que o assassino de crianças fora degolado. Mas alguma coisa tinha tocado muito profundamente a alma de seu pai, alguma coisa que o fez voltar aos pedaços, e ficar ali sentado na mesa da cozinha, como se fosse ele próprio o condenado, aguardando a hora da execução.

Ninguém sabia, então, mas era o que estava por acontecer. A execução de seu pai viria, não tardaria muito. Sim, uma execução. A guerra chegou à África quando ninguém esperava, a guerra que não era deles, e os jovens foram mandados às pressas, batalhões de argelinos, árabes e franceses com seus uniformes vermelhos e azuis. Sobre a terra, cor de lama, os soldados marcharam, com seus uniformes ridiculamente vistosos, de cores primárias, fortes — que cintilavam à distância. Eles eram alvos fáceis.

E nem ao menos usavam capacetes. Foram dizimados. Seu pai estava com vinte e nove anos.

Um dia, muitos anos mais tarde, já homem, escritor, já conhecido no mundo inteiro, ele voltaria ao cemitério para ver o túmulo do pai e, parado diante da lápide, vendo a data da morte, pensaria: *Sou mais velho do que ele*. E para o pai caçula rabiscaria, com sua letra nervosa, no livro inacabado, a frase feita de amor e poesia, *desse homem devorado por um fogo universal e de quem só restara uma lembrança tão impalpável quanto as cinzas de uma asa de borboleta, queimada num incêndio de floresta.*

Mas e nele, quando começou nele a inquietação, a pergunta que o acompanhou como o siroco e o mistral, como o olhar de sua mãe, sentada na cadeira de balanço, em seu quarto nu? A dúvida primordial sobre a vida e a morte — quando começou?

Talvez tenha sido naquele dia em que, menino, viu sair da barbearia um árabe, vestido de azul, que andava cambaleante, a cabeça raspada pendendo para trás em um ângulo improvável. Depois, em meio à correria e aos gritos, o menino ficaria sabendo que o barbeiro tinha enlouquecido e cortado a garganta do mouro com sua navalha, de um só golpe. O homem, sufocado pelo próprio sangue, saíra caminhando, talvez já morto, mas seu olhar era manso. Não havia ali nem medo, nem espanto. Seus olhos tinham a mesma quietude conformada que o menino via nas galinhas que a avó matava.

Terá sido aí que começou?

Quando eu morri, pensei que fosse um sonho.

Enquanto o som dos estilhaços crescia de dentro para fora à minha volta, cada ínfimo fragmento de vidro, metal, osso, pele, tudo se transmutava em recordação. Formas e cores, sim, mas sobretudo cheiros. O odor do absinto raspando a garganta, sua lã cinza recobrindo as pedras, sua essência que fermenta sob o sol, embriagando tudo. As ruínas onde as pedras — desfeitas — retornam à natureza, já não pertencem ao homem. Os olhos cegos de tanta luz, as flores — buganvílias, hibiscos, rosas, íris —, as flores que enfeitam as bodas entre as ruínas e a primavera, bodas em Tipasa. O vento em Djémila, seu abraço fugidio que me dava, pedra entre pedras, a solidão de uma oliveira sob o sol de verão. Esquecido, esquecido de mim mesmo, sou esse vento e sob o vento sou essas colunas e esse arco, a laje que recebe o calor e as montanhas que cercam a cidade deserta. O corpo ignora a esperança. Ele só conhece o pulsar do próprio sangue, mais nada. A eternidade lhe é indiferente, só o presente existe para o corpo, assim como para os animais. O jumento cego irá girar em volta do poço, aguentando as pancadas, o sol, as moscas, a natureza feroz, e nunca verá, nesse avanço monótono, doloroso e aparentemente vão, que por sua causa as águas jorram. O presente é a única verdade. Nunca como agora senti tal desligamento de mim mesmo e minha presença no mundo. A morte não é uma porta que leva a um novo caminho. Para mim, é uma porta fechada. Mas isto é bom. Esta, sim, é a morte sem revolta. A morte feliz.

O navio da morte

Pai adorado,
Sei que você não vai me perdoar, mas não posso viajar para o Brasil. Não devo, e não irei. É melhor assim. Preciso viver o instante final ao lado dele, para que cada milímetro de pele seja trilhado, para que não reste um só segundo vazio, para que eu possa sorver esta vida, a vida que escolhi, até o último sopro. Por favor, tente compreender. Eu não posso, me perdoe, repito. Eu não posso dividir-me com mais ninguém, meus restos devem pertencer a Carlos, a ele, somente a ele.
Adeus.

Esmagador. Estupendo.
Trinta metros abaixo, o mar explode. Seu azul-cobalto, inquieto, é todo amarfanhado, parecendo uma gaze escura. Os rasgos de espuma estão por toda parte, pequenos, buliçosos, surgindo e desaparecendo segundo o movimento das ondas. Mas a explosão maior se dá junto ao casco, formando veios na água, que assim se transforma em mármore, em pedra — em lápide.

Tenho uma varanda só para mim, com duas cadeiras de alumínio, com assentos de náilon trançado, e uma pequena mesa. Não preciso de muito mais que isto, cadeira, mesa, caderno, caneta — silêncio. Estou só, eu e o mar, este mar imenso. O céu não conto, porque aqui, em mar aberto, ele se confunde em cinza e azuis com a massa de água do oceano, o céu é tão baixo que os fiapos esgarçados das nuvens parecem tocar o topo do navio. Céu e mar são o prolongamento um do outro, uma só matéria, um só corpo.

Um corpo.

Tudo muito a propósito. Afinal, eu vim aqui para morrer.

É a primeira noite. Esquadrinho as paredes da cabine, cada milímetro. A porta que dá para o corredor, o pequeno vestíbulo, tendo de um lado o banheiro minúsculo e do outro o closet. O arremedo de cômoda com um espelho, para dar a impressão de um pouco mais de amplitude. Não é fácil passar muitos meses aqui, neste espaço tão pequeno. Mas é maior do que uma cela. A cama, a pequena divisória e o sofá, com o móvel da televisão. A porta de vidro. Daqui, deitado na cama, eu enxergo a massa negra, estranhamente mansa agora. Fecho os olhos, cruzo as mãos sobre o peito. Sempre gostei de dormir assim, como um cadáver.

Foi o temporal que me fez sair.

Começou de madrugada, eu dormia. Sonhei que era um homem pequeno, muito pequeno, e estava deitado bem no centro de um berço gigantesco, que balançava. Sinto ainda nas costas o calor do lençol imenso, cujas dobras se alteavam rumo ao infinito, como as montanhas de areia nos desertos. As ripas de madeira em torno do berço, enormes como tudo, pareciam do tamanho de palmeiras-imperiais. Havia uma estranheza nessa minha pequenez, eu reconhecia nela qualquer coisa de sobrenatural, que me assombrava. Não havia, como costuma acontecer em sonhos, aquela aceitação do absurdo. Não. Eu tinha consciência de um deslocamento, de uma ruptura, a explicação para minha presença minúscula em um quarto de gigantes. Era inquietante. Era perigoso.

Agarrado aos lençóis, sentia a vibração interna dos meus próprios músculos retesados, à medida que percebia o balanço do berço. Aos poucos, mas em ritmo estável, o meneio começou a se avolumar e minhas mãos se cravaram com força na superfície branca, que agora parecia tornar-se mais escorregadia, como se feita não de tecido, mas de uma borracha muito esticada. Comecei a suar. O calor das costas me colava ao lençol agora emborrachado e, embora o balanço aumentasse, aos poucos eu percebia que estava preso, como em um daqueles brinquedos dos parques de diversão, que giram e nos mantêm colados pela força centrífuga. Vi que oscilava entre dois destinos: ou conseguiria me desgrudar, e seria arremessado ao chão muitos metros abaixo, ou ficaria colado ali para sempre, até me tornar parte daquela matéria impermeável, que me tragaria como areia movediça. Quis gritar, abri a boca. O grito, na primeira tentativa, não saiu. Tentei outra vez, senti um soluço que subia em mim, raspando as paredes. E no esforço imenso de libertá-lo — acordei. Acordei e percebi que rolava na cama, de um lado para outro. Era o navio que balançava.

Fiquei de pé, de um salto, mas tornei a cair sobre a cama da cabine, o balanço era muito forte. Ouvi os rangidos. A matéria que me cercava parecia sofrer. As paredes, o armário, o teto, tudo. Tudo gemia, um filme de terror. Caminhei, tentando me segurar de um lado e outro, até a porta envidraçada que dá para a varanda da cabine. Esperava encontrar o negror, imaginava que não houvesse escuridão maior que a de uma noite de tempestade em alto-mar. Mas não. Não era o negror que me esperava. Era a lua cheia.

Estranho que em noite tão limpa, com uma lua assim, o mar esteja agitado como um cão molhado. A lua parece baixa no horizonte, deixando um rastro no mar, uma espuma de prata, mas é isso justamente o que mais assombra: porque dessa forma, com tamanha luz, dá para ver o tamanho das ondas. Só quem já viu uma tempestade em mar aberto pode saber o que é, e entender o que ela faz com um navio do tamanho de um prédio de doze andares. E dessa vez é ainda mais apavorante, porque não há tormenta, o céu está limpo. É quase como se o mar inchasse por dentro, erguendo corcovas líquidas que sacodem tudo à minha volta.

Vejo a massa se formar no horizonte, quase encobrindo a lua. Agora ela caminha para cá, mais uma dessas ondas surdas. Há um rumor longínquo, que talvez venha das profundezas. Sei que ela vai erguer o navio a qualquer momento. Em um gesto louco, faço correr a porta de vidro, mas não chego sequer a dar um passo para fora. Alguma coisa se espatifa metros abaixo e as gotas d'água atingem meu rosto em cheio, como vidro moído, salgado. Uma bofetada.

O mar tenebroso.

Logo, tudo recomeça. Ele volta a se mexer como a cabeça de um polvo, as mesmas ondas fechadas, sem espuma. Um ódio contido, secreto. Procuro me refazer, respiro fundo, segurando com toda a força na porta de vidro. O pequeno balcão à minha frente, com seu chão de ferro pintado, está lavado e brilhante, banhado pelo mar e pela lua. Deve estar muito escorregadio, preciso tomar cuidado, não posso morrer antes da hora.

Volto devagar, piso o chão de carpete. Está úmido, também. O mar entrou aqui, um pedaço dele, esse mar maldito, que eu procurei, que escolhi como túmulo. Vou morrer aqui, é uma decisão tomada com serenidade. Soube disso no instante em que vi o anúncio.

Nada foi dito às claras, mas a mensagem nas entrelinhas não deixava dúvida. Vi o anúncio em uma dessas revistas destinadas ao público classe A. Gente rica, consumista e louca por modismos. Um cruzeiro de luxo, um navio espetacular, doze andares de pura sofisticação. Uma volta ao mundo. Dezenas de portos, atravessando cinco continentes, dos mares gelados da Islândia ao calor de Taormina, da baía de Hong Kong aos desfiladeiros azuis da Patagônia. Algo espetacular. Apenas com um detalhe: quem entra neste navio, não desembarca nunca mais. É uma viagem sem fim.

O navio da morte. É esse o verdadeiro nome, mas ele nunca é pronunciado. Apenas alguns poucos o chamam assim, mas sempre aos sussurros. A nomeação jamais é feita em voz alta. A maioria dos passageiros não fala nada, age como se tudo estivesse bem. Eles passeiam no convés, juntam-se em torno das mesas, comem, bebem, comemoram. Dançam, fazem suas festas brancas, banhadas por uma luz azulada, parecida com a do luar. Eu até participo, às vezes.

Alguns são jovens, é curioso. Talvez tenham tomado uma decisão, ou quem sabe sofram de uma doença terminal, não sei. Mas grande parte já passou dos oitenta. E todos, todos sem exceção, são como eu, um quase morto. É o que sou — desde que você se foi.

Empurro a porta com a mão, depois de espiar através da escotilha, que não é redonda, mas deveria ser. Assim que a mola cede à pressão do meu braço, o frio é uma vergastada no rosto. Subo o fecho do casaco de náilon, que me faz parecer um astronauta, de tão grosso. O zíper quase me morde a pele da garganta. Ajeito os cordões que apertam o capuz, agora só o espaço entre a testa e a boca está de fora. Como em uma cena bíblica, a ponta do meu nariz se transforma instantaneamente em pedra.

Não há mais ninguém aqui fora, só eu. Eles têm medo do frio, não sei por quê. Uma das vantagens de saber que a morte se aproxima é que não é preciso temer mais nada. Há uma liberdade infinda. Eu posso enfrentar o frio. Eu posso enfrentar o vento, desafiar o sol. Enquanto eles estão lá dentro, agrupados naquelas salinhas sórdidas, jogando damas nas mesas presas ao chão, sentados diante das máquinas caça-níqueis ou pousados sobre os banquinhos compridos do bar, como pássaros tristes — enquanto isso, eu estou aqui.

Caminho mais, essa parte lateral do navio é cheia de grades, cordas, engrenagens. Não parece feita para humanos, não é um convés de passageiros. Acima da minha cabeça estão escaleres pendurados, os barcos que seriam arriados ao mar caso o navio estivesse ameaçado de afundar. Seria irônico se isso acontecesse.

Chego mais para a frente, tiro as mãos dos bolsos e me agarro à amurada de ferro. Os dedos estão brancos, enrugados, as mãos também parecem a ponto de se petrificar. Olho o mar. Cinza sobre cinza, uma paisagem calma e desoladora. Não há ondas, nem nuvens, nem céu, nada. O navio dá a impressão de estar parado, encravado no seio de um mar sólido, um fóssil, uma descoberta arqueológica feita após a noite dos séculos. Mas há nessa quietude uma sensação de peso imenso, sinto como se o céu fosse cair sobre nós.

Continuo parado, não ouso mover um músculo nesta paisagem morta. O peso do céu aumenta, sei que a qualquer momento alguma coisa vai acontecer. Fecho os olhos.

Os momentos passam sem que eu perceba. Talvez tenha adormecido de pé, será possível? Desperto do transe com uma carícia. Um, dois, vários toques mínimos, como se dedos insubstanciais me estudassem o rosto. Abro os olhos.

Não são dedos, são flocos. Milhares, milhões deles, caindo com a leveza de pequenos chumaços de algodão, despejando-se sobre meu corpo, sobre as mãos que cravei na amurada, sobre o chão do convés. Sobre o mar. É lindo, nunca vi nada igual. É como se o mundo acabasse em beleza.

Está nevando em alto-mar.

Em poucos segundos, os flocos de neve começam a se acumular na superfície da água, formando ilhas, montanhas de brinquedo, pequenas cordilheiras trêmulas. Já não sinto frio, o toque da neve com a pele passa uma sensação de calor. Meu rosto queima. É estranho pensar que isso ainda pode levar meses, anos, essa jornada. Será que ainda tornarei a ver a neve? Invernos e verões hão de se suceder, mas, como nos movemos ao redor do mundo, nunca é possível saber ao certo em que estação estamos, estaremos. O tempo é caótico, aqui, seu curso é subversivo, como Einstein previu que aconteceria no espaço. A velocidade torna o tempo elástico. Quem somos nós, neste navio, senão astronautas enviados a outros mundos, galáxias a milhares de anos-luz, buscando estrelas que já estão mortas há muito quando seu brilho chega até nós? Quem somos todos, nesta vida, senão indivíduos solitários, prisioneiros de nossos corpos, nossas cápsulas, cruzando céus ou mares sem saber a que porto daremos, se daremos, por que daremos, quem somos?

Leio *Moby Dick* pela terceira vez. Mal comecei, estou na página 101. Sei o que me espera, a aridez quase insuportável dessas águas, por onde vamos navegar, dia após dia, mês após mês, levados pela loucura do capitão Ahab, levados pela loucura de Melville, ele próprio, também, um esquerdo, com sua meticulosidade absurda e a obsessão por baleias. Ele e Ahab se igualam. Melville, que viajou o mundo em navios, também sofreu de monomania. Folheio o livro, suas páginas de papel fino, amarelado, a edição da Oxford Press com a capa de tecido azul-marinho, parecendo uma bíblia de bolso. E espio a página 133, capítulo 32: Cetologia. O capítulo amaldiçoado. Chegarei lá daqui a pouco. Melville, flor de obsessão.

Volto à página 101. Ishmael e Queequeg já embarcaram no *Pequod*, mas o navio ainda não zarpou. O meu continua singrando as águas cinzentas do mar da China. Sei que, no livro de Melville, o monstro só aparecerá na página 553, a pouco mais de trinta páginas do fim.

E aqui?

Quando será que o monstro vai aparecer?

Para a melhor compreensão de todas as cenas aqui descritas, preciso falar agora dessa coisa mágica, por vezes pavorosa, que é a linha. A linha usada para pescar baleias.

Louco. Monomaníaco. Capítulo 60, página 287. Quase trezentas páginas se passaram e ele vem nos falar da linha. A linha de pescar baleias tem apenas dois terços de uma polegada de espessura. Originalmente, era feita de cânhamo de alta qualidade, ligeiramente vaporizado com alcatrão. Louco. Como eu. Quantos terços de polegada tinha o rasgo dos seus olhos negros, a boca quando se abria em um sorriso atrevido?

Nas últimas semanas, tenho passado a maior parte do tempo aqui, na varanda da cabine, até bem tarde, mesmo nos dias mais frios. Não me importo. É como se estivesse no *Pequod*, com Ahab e seus homens. Mas desisti de reler Melville página após página, agora vou abrindo o livro ao acaso, como uma bíblia, um livro de adivinhações. I Ching. *Eu era um deles. Foi com ouvidos ávidos que aprendi a história do monstro assassino contra o qual eu e todos os outros tínhamos feito nosso juramento de violência e vingança.* Um ato estupendo, como este mar. Só assim a vingança, morrer com ódio da morte, de forma espetacular.

Quando tomei a decisão de embarcar, só pensava nela, em seus olhos negros bem abertos, recebendo a notícia. Em suas mãos tão brancas, de dedos finos, trêmulos. Mãos que me tocaram o rosto um dia. Fazia frio, era outono, ainda, mas as montanhas já estavam cobertas de branco. Estávamos sozinhos, nós dois. Eu me sentei em um tronco, cansado da caminhada, e fechei os olhos. Foi quando aqueles dedos pequenos me acariciaram o rosto, suas pontas frias transmitindo um segredo que era só nosso, que seria só nosso, sempre, até que...

Quantos meses se passaram? Quantos? Não sei. Aqui dentro o tempo é nulo, tem um curso próprio, já disse. Mas seus olhos, sim, aqueles olhos enormes, de cílios compridos que se fechavam devagar, e suas mãos, com seu toque de flocos de neve — eles ficaram em mim.

Filha adorada. Se existisse inferno, eu a encontraria lá, minha Beatriz, minha Helena, minha Penélope. Eu, Ulisses, eu, capitão Ahab, eu, o condenado dos mares, estou aqui para me vingar. Quero olhar a morte de frente, desafiá-la, agarrá-la pelos chifres, cuspir em sua cara antes de deixar que ela me leve. Quero um ato estupendo, como este mar. Só assim a revanche será completa, morrer com ódio da morte, de forma espetacular. Para vingar você, filha.

Você não podia ter ido antes de mim.

Pacto

Lentamente, os dois — homem e mulher — fecharam a porta.

Era a mesma sala, do mesmo apartamento, os móveis de sempre. E ao mesmo tempo não era. Havia uma modificação mínima, tão sutil que era como se a aura dos objetos em torno tivesse sofrido um deslocamento, algo imperceptível ao olho humano, mesmo a olhos como os deles em um instante como aquele, o momento em que o ser humano enfrenta a própria morte. Ficaram parados, observando, em silêncio. Com apenas a luz do hall externo acesa, os grandes fantasmas dos sofás revestidos com capas brancas descansavam na penumbra. Na meia-luz, a sensação de deslocamento, de modificação e estranheza, era cada vez mais clara. Como se o relógio atômico que marca o tempo do planeta fosse adiantado ou atrasado uma fração de segundo. Ou como se um terremoto tivesse movido, por alguns milímetros, o eixo da Terra.

Em silêncio, olharam-se. A espada de Dâmocles estava lá, acima deles. Sentiam, fisicamente, a presença do aço, a lâmina muito afiada, suspensa por uma força sobrenatural, contrária à gravidade, essa gravidade tão absurda que nos prende à terra enquanto o planeta rola no espaço sem direção. Nem norte, nem sul, nem em cima ou embaixo, tudo inventado pelo homem, tudo, não só as noções de tempo, mas também de espaço, apenas para se precaver contra o buraco que se cria dentro de nós no dia em que nos defrontamos com a verdade.

Para ela, essa verdade chegou cedo, um dia, era criança ainda. Estava sentada diante da biblioteca do pai, onde gostava de ficar horas e horas, olhando para aqueles livros coloridos, ela tão pequena, a estante tão alta, o *contre-plongée* que ela um dia ouviria do professor de cinema, mas isso só aconteceria muitos anos depois. E assim, naquele dia, ela criança, olhando para a estante colorida, pondo-se na ponta dos pés, pegou de uma prateleira um livro sobre a história da humanidade. Este era o título: *A História da Humanidade*. Com letras maiúsculas, o que conferia à expressão uma importância que a menina desconhecia.

Pegou o livro e abriu na primeira página, onde havia um pequeno texto, uma epígrafe, que ela ainda não sabia que era uma epígrafe. Para a menina, era apenas um texto pequeno, de um parágrafo. Mas aquele texto continha toda a inquietação que a perseguiria pelo resto da vida.

Dizia — as palavras exatas ela não recordava mais — que o Universo era infinito e, sendo infinito no tempo e no espaço, não apenas não acabava nunca, em lugar algum, em tempo algum, como também — e aí, sim, veio o ponto crucial, que se cravou nela para sempre — como também *nunca tinha começado*.

Existe, mas não começou.

O Universo, as estrelas, os planetas, a Terra e todos nós, que estamos nela, somos fruto desse absurdo tão simples, que cabe em uma frase de poucas palavras, lida por uma menina de oito anos na primeira página de um livro da biblioteca de seu pai. O Universo existe, mas não começou.

Pronto. Estava ali o cerne de sua angústia.

Mas voltemos à sala. Hoje ela é uma mulher e ali estão eles, que se olharam em silêncio. Agora, ela não pensava em nada — apenas existia. Todo seu lado esquerdo ardia, uma sensação de adormecimento, mais clara nas pontas dos dedos, no dorso da mão, no rosto, principalmente na região logo abaixo do olho. Piscou. Uma pequena diferença, muito, muito pequena, entre o piscar de um e de outro olho. Ínfimas agulhadas, ainda indolores, quase uma coceira, uma sensação tão mínima que era difícil definir. Mas ela sabia bem o que significavam.

Deu um passo à frente, sem tirar os olhos do homem. Quantas vezes, já, quantas vezes em mais de vinte anos, não fez esse movimento, uma ordem que emana do cérebro, que percorre a cadeia de nervos e se espraia, impulsionando ossos e músculos, movendo a matéria, pondo em alerta as glândulas, secretando fluidos, dando partida ao encontro de duas carnes — quantas vezes?

Um, dois, três passos no corredor, um andar furtivo na madrugada, a menina dormia. Ou fingia? Os passos foram chegando, chegando, ela quieta. Talvez sonhasse, pois parecia flutuar em um território macio, com cheiro de lavanda, o mesmo cheiro que sentia quando, sentada no colo, esfregava o nariz no queixo do pai. E foi nesse território macio, de odor suave, que se deu o contato. A mão de homem pousou sobre sua coxa, com uma leveza de floco de neve.

A mulher deu mais um passo. Lembrou-se de repente de uma cena, muitos anos antes, uma cena de amor. Estavam, ela e o marido, no restaurante de um pequeno hotel em Ravello, na região alta da costa amalfitana. O garçom ofereceu a eles uma mesa no terraço, sob um caramanchão, com uma balaustrada cheia de floreiras, por trás da qual se viam as montanhas e o mar. Sentaram-se. As mesas ficavam em pequenos nichos, cercados por plantas, por isso mal notaram o casal que já estava no restaurante quando eles chegaram. Por entre as plantas divisórias, a mulher ouvia apenas seus murmúrios. Era impossível saber o que diziam, nem sequer discernir a língua que falavam, mas uma coisa ela percebeu de imediato: estavam apaixonados.

Ela ainda estava no meio do almoço quando o casal vizinho se levantou para sair. O homem se ergueu primeiro, mexeu em alguma coisa deixada junto à mesa. Depois, curvou-se na direção da parceira e pegou-a no colo, como se fosse uma criança. Só então foi possível ver que ela era uma pessoa doente, de aspecto muito frágil. O homem a estava colocando em uma cadeira de rodas. Ela mal se movia, os braços, muito finos, cruzados à frente do peito como no congelamento de um espasmo.

A mulher assistia a tudo com o canto do olho, por entre os arbustos que dividiam as mesas, não podia olhar de forma acintosa. Mas viu quando, ao ser colocada na cadeira, a outra sorriu. Nunca, talvez, tivesse visto tamanha manifestação de amor concentrada em um sorriso. Eles se amavam. Não havia dúvida de que se amavam muito. E — a mulher intuiu — aquele era um almoço de despedida, uma viagem de despedida. Estavam dizendo adeus. Ela estava morrendo.

Eu também estou morrendo. Na sala, os móveis brancos a espreitavam como almas. Moveu-se um pouco mais, um milímetro depois do outro, cada movimento acontecendo como se estivesse dentro d'água, um mundo submarino, ou um mundo forrado de paina, feito de gestos lentos, abafados, irreais. *Eu também.*

Estendeu o braço, não o esquerdo, o que está adormecendo, mas o outro, cruzou com ele o ar, lentamente, em busca da mão do homem. Ele, que estava de olhos baixos, ergueu as pálpebras, olhou para ela, um quase sorriso, a respiração suspensa. E estendeu a mão. Não, não uma, mas ambas, e de repente com muita rapidez a envolveu em um abraço inesperado.

Ficaram assim, por um momento a salvo. Em torno, um mundo de penumbra e fantasmas, de medo, decomposição e morte. E eles agora, tornados um só corpo, fortaleciam-se como um tronco, deitando raízes, os pés bem fincados no chão, inabaláveis. Tiveram, ambos, por um instante exangue, a impressão de que o amor seria um antídoto. Se ficassem assim, abraçados, com toda a força, a escuridão em torno não os tocaria.

A mulher teve outra lembrança, a história de fantasmas que sua avó contava, do casal que, ouvindo o estalar de um chicote espectral no andar de baixo, se abraçou com força, para afastar o medo. E os dois ficaram assim, abraçados, de olhos fechados, enquanto o som do chicote veio subindo pelas escadas, entrou no quarto, estalou em torno deles. Eles não cederam, não afrouxaram o abraço, não abriram os olhos, não capitularam, enquanto o chicote assombrado os rodeava como se os testasse.

Ela tampouco ia sucumbir, não agora. E esse pensamento fez subir de dentro de seu corpo um calor, vida rebelada. Inspirou, sentindo o cheiro suave dele. Perfume de homem. Sempre gostou de perfume de homem, laranja, limão, lavanda, madeira, cinzas, pó. Cheiros secos, acres, com a capacidade de provocar nela uma revolução de hormônios. Lembranças. Apertou o abraço, ele correspondeu. Desenterrou a cabeça que estivera colada ao peito dele e olhou a linha curva do pescoço, o queixo pronunciado, a barba começando a despontar, mancha azulada dentro da penumbra da sala, mancha que ela mal enxergava, mas conseguia adivinhar. *Carlos*. Ralou a testa naquele queixo, sentindo a aspereza dos pelos. O calor dentro dela cresceu, como uma brasa assoprada.

Era uma aspereza que quase feria, fazendo nascer no canto dos olhos umidade, talvez lágrima. Mas ele se moveu. E, nesse movimento, o queixo se transformou em tecido macio, molhado, que se abriu para ela, a boca tão conhecida, que ela amava há tantos anos. Tocados, os lábios se fenderam, passaram a sorver um ao outro com desespero. Mais do que nunca, a mulher sentiu que ali estava sua única possibilidade de salvação. E, do ponto central, que era aquele beijo, irradiou tudo o mais.

Braços, pernas, corpos colados, se envolvendo, se buscando, e a saliva que queimava, queimava. Sem nunca se soltar da boca que a sustentava, começou a arrancar as roupas dele, arranhando a pele na sofreguidão de tirar os botões de suas casas, mãos que só se acalmaram um pouco quando deslizaram pela pelugem do peito musculoso. Ele estava ali. Era real, a mulher sentia. E nada de mal podia lhe acontecer.

As mãos dele, mais calmas, também buscavam caminhos, afastavam tecidos, tateavam. Havia firmeza em sua doçura, mas não lassidão. De repente, em um momento atemporal, sem que o abraço e o beijo se desfizessem, eles sentiram o calor dos corpos um do outro, por inteiro. Estavam nus. Despidos, juntos, de olhos fechados, unidos e prontos para não ver o tempo que, em torno, ameaçava continuar passando, à sua revelia.

Seremos só nós, nós e nossos corpos, nosso beijo, nosso amor. Só nós, pensou a mulher. A morte não vai conseguir entrar aqui.

Não agora.

Espojaram-se no chão, os dois. Homem e mulher, na sala cheia de sombras onde ainda respiravam, sobreviviam. A mulher sentiu que suas espáduas se dividiam entre o tapete e o chão, parte na maciez que tinha desenhos geométricos, parte nas tábuas de madeira fria, sua vida entre a morte e o prazer. O homem cobriu-a com seu peso, o cheiro de suor e lavanda, a lavanda que ela amava, dos campos lilases da Provença, dos campos de carne daquele corpo que teria de abandonar. Lembranças. Em breve, não teria mais forças, nem músculos, braços que o abraçassem, estaria seca, morta em vida, morta, morta. Beijou-o com mais desespero, o homem correspondeu.

Ele se ergueu um pouco, para observar o rosto da mulher na penumbra. Seus olhos cintilavam, mas não era dor, era desejo. Ela conhecia aquele olhar fazia muito tempo, percebia seus reflexos no escuro, sabia que ele se preparava para manter o próprio prazer em suspensão, por um instante imenso, durante o qual se dedicaria a ela, só a ela. Tentou buscá-lo, fazer com que a pele dele tornasse a se colar em seu peito, mas ele resistiu. Queria cumprir todos os rituais, como sempre, e muito mais, porque aquela era a última vez antes que a consciência da morte descesse de forma completa sobre eles.

Submissa, a mulher esperou. Ele ergueu os braços dela para trás, deixando-a rendida, crucificada. Segurou-lhe os punhos com força e, inclinando-se, beijou o ponto entre os seios, o pequeno deserto do plexo solar, feito de cartilagem, pele, ossos. Um ponto seco, a um só tempo frio e quente, acima de onde recebera a facada, na hora da notícia. Ele parecia querer amenizar, com os lábios, a região ferida, o ponto onde se esconde o pavor.

Hoje será como nunca foi e como nunca voltará a ser. Por isso, cada pequeno gesto existe inteiro em si mesmo, feito de um presente inesgotável. A boca começa a descer devagar pelo fio invisível que divide meu abdômen em dois, e eu sou essa boca, sou a saliva que dela se desprende e se cola em minha pele, sou todos os mínimos sensores que recobrem a superfície do meu ventre. Eu sou este agora.

Um dia, daqui a não muito tempo, estarei como aquela mulher em Ravello. Meu corpo, muito magro, será enlaçado por ele, mas sem desejo, apenas com carinho e compaixão, como o que se devota a uma criança doente. Esses braços que aqui estão, agora, agarrados às costas musculosas dele, esses braços estarão crispados na frente do peito, as mãos em garra, eu serei como um pássaro. Talvez ainda possa sorrir, como ela, não sei. Mas os olhos, sim, os olhos ainda guardarão seu brilho, umidade última.

O formigamento, as cãibras, as primeiras sensações de paralisia transitória, o olhar do médico, *ele estava nervoso, ele estava com medo*, a busca secreta pelo texto no computador, de madrugada, a noite pesando às minhas costas, o texto quase incompreensível que li e reli e reli tantas vezes que ficou gravado em mim, o endurecimento do corno anterior na substância cinzenta da medula espinhal e do fascículo piramidal no funículo lateral da substância branca da medula, no qual se localizam as fibras nervosas oriundas de neurônios motores superiores, formando o trato corticoespinhal lateral, palavras complicadas como a sentença de um juiz pedante, irredutível e cruel, um deus-juiz que me escolheu e me condenou sem possibilidade de defesa.

Pai adorado,
Sei que você não vai me perdoar, mas não posso viajar para o Brasil. Não devo, e não irei. É melhor assim. Preciso viver o instante final ao lado dele, para que cada milímetro de pele seja trilhado, para que não reste um só segundo vazio, para que eu possa sorver esta vida, a vida que escolhi, até o último sopro. Por favor, tente compreender. Eu não posso, me perdoe, repito. Eu não posso dividir-me com mais ninguém, meus restos devem pertencer a Carlos, a ele, somente a ele.
Adeus.

* * *

Quanto tempo? Quanto tempo ainda me resta?
Quando será que o monstro vai aparecer?
Não sei, pai. Só sei que nessa hora, como agora — não estarei contigo.

Copos de leite
[4h30 de 11 de fevereiro de 1963]

Os dedos da mão direita experimentam a superfície da tesoura, pousada sobre a palma da mão esquerda. Uma tesoura folheada a prata. As pontas dos dedos sentem as formas, os volteios, o relevo, o parafuso no centro — as lâminas.

São afiadas, as lâminas.

Precisam ser, caso contrário não conseguirão ferir os talos espinhosos, de onde escorrerá a seiva, os talos com suas nervuras, os nervos expostos.

Ela ergue os olhos, observa o jardim. Sente o perfume das rosas. Ainda não sabe qual vai colher. Será apenas uma, amarela, talvez, ou vermelha. Vermelha como as tulipas? Não, as tulipas não. As tulipas ferem. *Eu não queria flores, eu só queria jazer com as palmas das mãos viradas para cima.* Torna a observar a tesoura de prata aninhada na carne, na palma. E começa a caminhar.

É um jardim pequeno, cercado de prédios baixos, de forma que todos os moradores em torno se sintam donos do lugar, cuidem dele. De sua janela, da janela do quarto, ela vê o jardim por inteiro. As janelas da sala e da cozinha, não, essas dão para a rua.

Sente um arrepio ao pensar que essas mesmas árvores, as roseiras, o gramado que cresce meio selvagem, tudo isso que aqui está foi matéria absorvida pelos olhos de Yeats, tocada, talvez, por seus pés e mãos. É isso o que a fez sentir a sacralidade do lugar, o que a fez revoltar-se naquela manhã nublada em que as moças apareceram, segurando nas mãos o maço de rododendros roubados. *Sinto em mim uma violência quente como o sangue.*

Amarela, aqui está. Será esta. É em seu talo que vai encaixar as lâminas da tesoura de prata. Não é mais botão, mas ainda não desabrochou de todo, suas pétalas apenas começam a relaxar. Sente o perfume. *Amarelo como eu, como a velha mulher que tenho aqui dentro, em contraposição à mulher branca e fria e forte que está diante de mim, na outra cama. Eu lhe dei minha alma, e dela desabrochei como uma rosa.*

A garoa começa a cair e ela continua a caminhar, seus cabelos louros, já úmidos, pesando em torno do pescoço. Fecha sobre o peito a gola da capa de chuva. De repente, anoitece.

Essa carne trêmula, tão alva, esses tendões e ossos, toda a matéria que aqui está esconde o ódio que corre no sangue, um ódio sem remédio. Parecem calmos, por um instante, repousados que estão sobre os fios de lã. Mas é mentira, ela sabe. Há uma ferida profunda, sem possibilidade de cura, a ferida daqueles que sobrevivem aos suicidas. Eles estão condenados e nunca poderão pedir perdão. *Os bruscos filetes vermelhos que surgem, úmidos, no dedo que raspou a membrana do nariz por dentro, conspurcando os grumos elásticos, verde-amarelados de muco, que serão transformados em bolas gelatinosas, entre o polegar e o indicador.* Nojo, horror, prazer. Ela sabe.

Sente a maciez do novelo, em contraste com a matéria putrefata que se estagnou em seu corpo, há muito tempo. Lá fora, os primeiros flocos de neve começam a cair, ainda leves, espanados pelo vento como flocos de caspa sacudidos dos ombros de um gigante. Aquele homem enorme, de membros longos, o rosto como o de um deus grego, aquele homem cujas mãos nuas ela vê sendo devoradas, a pele recoberta por milhares de insetos, as patas peludas, o dorso cor de fogo, cravando os ferrões até o fundo, a seiva, o sêmen tornados veneno.

E a mão direita da mulher envolve com força a agulha de madeira, grossa como um falo, pressionando a ponta contra a palma esquerda, que se fecha, uma flor carnívora. *Está quase no fim, eu tenho o controle.*

Agora vemos as pontas dos dedos femininos, longos e alvos, pousados sobre o fundo de um copo de vidro, que está emborcado. É escuro, aqui. Há velas acesas, talvez, porque a luminosidade é incerta. Precisamos fixar a vista para entender o que se passa à nossa frente. O copo sob os dedos está pousado em uma tábua Ouija, com letras nas bordas, dessas usadas para fazer adivinhações.

De repente, os dedos começam a tremer. Ou o copo, talvez, é impossível saber. Nosso campo de visão se abre em um segundo, como um zoom às avessas, e vemos que a dona das mãos é uma mulher loura, os cabelos oleosos, desarrumados, caindo em mechas sobre os olhos. Está ajoelhada diante de uma mesa baixa. Não há mais ninguém além dela na sala escura. O lugar é iluminado por velas, dentro de copos, que estão sobre a mesa de centro, a poucos centímetros da tábua Ouija.

A mulher parece em transe. Tem os olhos semicerrados, a cabeça levemente pendida para a frente, as costas encurvadas. A mão que está sobre o copo é a esquerda, e os três dedos pousados sobre a superfície de vidro mal parecem tocá-la. Mas, ainda assim, mão e copo caminham juntos sobre a superfície de madeira com uma leveza espantosa, quase sobrenatural.

Depois de alguns movimentos vacilantes, o copo se detém diante da letra *H*. Com o mesmo semblante neutro, e os olhos apenas um traço, a mulher move agora a mão direita que estava solta ao longo do corpo e alcança um bloco e um lápis, deixados no chão a poucos centímetros de seu joelho. Rabisca alguma coisa e torna a ficar quieta.

Passam-se longos segundos até que a mão esquerda, que nunca saiu de cima do copo emborcado, recomece a tremer. O caminhar é retomado e, depois de voltar ao centro da tábua, mão e copo buscam uma nova letra na extremidade: agora é um *E*. Novos segundos de espera, nova movimentação, e uma terceira letra do alfabeto é encontrada pelo copo. Dessa vez é um *R*.

A movimentação continua durante muitos minutos, a luz das velas parece cada vez mais fraca, a mulher também. Em seu rosto desfeito, as mechas dos cabelos ensebados deixam entrever gotículas de suor. Os lábios frouxos se alargam aos poucos, como se deles nascesse um sorriso triste, tão triste que ocorre à revelia da mulher. Mas afinal tudo cessa.

Há um instante imenso de imobilidade até que ela retire a mão do copo, passe-a na face, afaste os cabelos, respire fundo. Só então seu rosto se volta para baixo, para a direita. E o sorriso triste se alarga mais quando ela traz para a luz de uma das velas o bloco de papel, onde está escrito:

Her dead body wears the smile of accomplishment.

As mãos muito alvas estão firmes quando pegam a garrafa de vidro com o líquido branco na geladeira. Os dois copos já estão sobre a bancada, ao lado da pia. Uma das mãos vai inclinando a garrafa de leite, devagar, e o líquido opaco preenche os copos, um, depois o outro. As mãos continuam firmes, não tremem. Há nelas uma calma doce. A mão direita, depois de colocar a garrafa quase vazia sobre a bancada, vacila por um instante. As pontas dos dedos se apoiam sobre a quina afiada. Alguns segundos depois, a mão se desprende dali. Sobe novamente em direção à garrafa. E um dedo, um dedo apenas, desliza sobre a superfície de vidro, que começou a suar. É um gesto maternal, carinhoso. Um gesto de amor.

Fecha o trinco e ouve quando a lâmina de metal se encaixa com um pequeno estalo. Eles não acordaram, *eles não vão acordar*. Olha o relógio redondo, de fundo branco e aro de ferro, na parede da cozinha: faltam dez minutos para as quatro horas. Ainda vai levar muito tempo para amanhecer. Sob a luz mortiça da única lâmpada que pende do teto, caminha até perto da pia e olha, através do basculante, o céu escuro acima dos prédios, a neve caindo. Lá fora é inverno, é madrugada. Aqui dentro também.

Abaixa-se e abre, com as duas mãos, a última gaveta do lado esquerdo da pia. Tira de lá alguma coisa, que mal divisamos, uns retângulos brancos, como pequenos espectros, que empilha na bancada junto à pia. Abre um fio d'água, estilete de prata ligando a torneira ao ralo — e, um a um, começa a afogar os fantasmas.

Os mesmos dedos, as mesmas mãos — elas ainda têm o que dizer, seu serviço não está terminado. As mãos abrem o pedaço de pano, de lado a lado, como faz um vendedor no balcão de uma loja de tecidos. Depois, elas o dobram ao meio. E fazem uma segunda dobradura, e mais uma.

As crianças agora precisam de mim mais do que nunca, por

isso, nos próximos anos, vou ter de me desdobrar para escrever de manhã, ficar com elas durante o dia e, à noite, ver os amigos, ler, estudar.

O pano, assim dobrado, fica parecendo uma fronha acolchoada, ou uma almofada muito fina. *Lá está ela, a abelha, mais terrível do que nunca, uma cicatriz vermelha cortando os céus, um cometa acima da engrenagem que a matou — o mausoléu, a casa de cera. A colmeia.* As mãos alvas colocam-no sobre o balcão da pia e descem em direção à porta do forno.

É a mulher perfeita, a mulher que permanecerá calada para sempre.

Seu corpo morto ostenta um sorriso de realização.

Arqueologia

Você me pergunta onde começou, dentro de mim, o lugar escuro, não aquele que seria trilhado por minha mãe, muitos anos depois, mas o recanto de terror que trago no peito, este que me faz buscar os pontos de assombro na alma das pessoas, os buracos negros do universo, o átrio sombrio da obra de arte, como disse um dia o escritor.

Não sei, mas talvez eu possa procurar, mergulhar os dedos na massa de pão que traz prazer e nojo, sentir o calor da gema descendo pelos punhos, enfiar-me até as coxas no lodo negro do manguezal, sabendo que ali dentro se escondem criaturas, talvez eu queira caminhar outra vez por becos de uma cidade estranha ou pela nave de uma igreja, erguer a toalha de renda, descobrir o côncavo secreto, subir no galho mais alto, alcançar o esconderijo onde mora o desconhecido. Outra arqueologia, mais uma, feita de dor e fascínio, mais uma. Talvez eu possa — não sei.

Ainda tem chão de paralelepípedos a rua onde nasci. Prédios baixos, casarões do início do século passado, árvores centenárias. Meu prédio continua no mesmo lugar, uma construção pequena, de três andares, com toques art déco. Olho a ladeira de pedra, estreita, sinuosa, seu chão feito da mesma matéria do paredão que fica logo acima e ao qual deram o nome de Corcovado. Aqui eu nasci, é o lugar para onde vim enrolada em um pano, para aquele prédio, embaixo do braço direito do Cristo, entre mata e água.

Deste lado da rua pouca coisa mudou, mas na outra esquina há uma construção enorme, moderna, de vidro espelhado. Dou as costas para ela, essa invasão envidraçada do meu passado — e começo a subir a ladeira, devagar. Para trás, deixo o movimento da rua principal, a rua larga, onde carros e ônibus passam nas duas direções. Dela sobe um rumor constante, mas esse som volumoso me expulsa, me impulsiona ainda com mais força para o alto, em direção ao silêncio e à recordação.

Vou vencendo a ladeira não pela calçada, mas pelo leito de pedra lisa, brilhante a essa hora, com um resto de orvalho. Daqui, posso observar melhor as fachadas antigas. O lado direito é formado de construções pequenas, de dois ou três andares, e algumas têm também um andar abaixo da rua, que se alcança por meio de escadas, devido à diferença entre esta e a rua de trás, que fica em um nível mais baixo.

Paro diante da entrada do número 12, tão conhecido, o portal também de pedra, granito preto, do qual não me recordo de verdade, mas apenas daquilo que permaneceu impresso no papel das fotografias. Dois degraus, porta de ferro, a fachada chapiscada e pintada de um azul que não se usa mais. Sobre o umbral, as letras de metal escuro anunciam: *Edifício Alexandre*. À direita, está nossa janela, a do quarto que dá para a frente. Olho com força para a esquadria gasta, a veneziana de madeira que se abre em par (a vizinha trocou a dela por uma horrorosa, de alumínio). Depois, piso o primeiro degrau.

Penso naquele momento de terror, a cadeira cujo espaldar reclinava, e que de repente correu, sem controle. O metal serrilhado, que permitia controlar o ângulo de reclinação, deve ter corrido com um barulho de metralhadora. Depois foi a queda, o sangue. O sangue que me escorria pelo rosto, me cegava, e o medo se transformando em cansaço, quase uma sensação de saciedade. O mesmo sangue que ressurgiria apenas poucas semanas depois quando, na freada brusca, na ladeira de paralelepípedos, fui atirada para a frente, batendo com a testa no painel do carro de meu pai, reabrindo a cicatriz, retraçando o caminho do medo — por que será que não havia ninguém me segurando, ninguém prestando atenção?

Aqui, neste saguão prateado, não há quase luz. Mas consigo enxergar meus olhos no espelho cheio de manchas que fica lá no fundo, os mesmos olhos que via na menina. Olhos de um azul tão claro que é como o fundo do mar, na última visão de um afogado. Os mesmos olhos, o mesmo espelho. Vou entrando.

Na nossa sala também havia um espelho. Mas era pequeno, redondo, no centro de um sol de madeira dourada, cujos raios serpenteavam como os de um desenho infantil. Era um espelho meio convexo, e a imagem da menina surgia distorcida quando ela se punha na ponta dos pés. Os olhos azuis pareciam maiores, mais rasgados, como peixes. O chão da sala era de tacos desenhados e a varanda tinha ladrilhos vermelhos, por trás das portas desdobráveis, de madeira e vidro. Havia algumas plantas, não muitas, um pé de costela-de-adão que saiu no retrato, aquele em que estou vestida de noiva ou santa, sorrindo um sorriso beatífico, o rosto envolto pelo véu branco, quase como a imagem de uma menina morta. Cortina não havia, apenas a janela de guilhotina e a parede branca, onde batia a luz. Eu já prestava atenção na luz.

O espelho ao fundo do saguão me chama, eu me aproximo mais. A imagem cresce, posso ver seus contornos, mas só eles, a penumbra se fecha. Preciso subir. No fundo do corredor, viro à esquerda, afundando no escuro. Mal consigo divisar os degraus da escada, mas sinto a pedra fria do corrimão amoldando-se à palma da mão direita, o que é bom. O chão é quase preto, feito de uma matéria mista de massa e pedrinhas, que ensombrece ainda mais o ambiente. Não há minuteria. Talvez haja um interruptor em algum ponto, mas prefiro não procurar, é melhor enfrentar a escada assim, no escuro, em analogia com a busca de uma memória que sempre tentei apagar. Começo a subir.

No andar de cima, morava a mulher. Ela também tinha olhos azuis. Lembro a estranha normalidade que emanava dela, quando descia com o bebê nos braços. Havia, no hall da portaria, um armário, e era ali que ela guardava o carrinho. Ainda posso vê-la, encurvada naquele hall escuro, ajeitando o bebê para sair, uma jovem mãe com seu filho, a caminho do passeio matinal. Um dia como outro qualquer. Uma cena comum. Difícil acreditar que era a mesma mulher que gritava, à noite.

Eu, deitada na cama, os olhos abertos, ouvia. Acontecia quase todas as noites. Começava com uma voz irritada, mas aos poucos os sons iam crescendo. A certa altura, começavam os gritos. Às vezes, junto com os gritos, vinham os baques, as pancadas, o som de vidro se espatifando. Eu não conseguia entender o que ela dizia, mas uma palavra pelo menos eu me lembro de ter ouvido se destacar na madrugada: morte. O negror já morava lá.

Depressão pós-parto. Onde foi que ouvi essa história? Como posso, ainda criança, ter ouvido isso? Ou será que foi só muitos anos depois, já adulta, quando a expressão surgiu e brilhou no escuro, a peça que faltava no quebra-cabeça? *Onde será que começou?*

Eu tinha medo da noite, do escuro. E tinha medo do mar. Quando íamos à praia, meu pai me pegava pela mão e entrávamos na água, na ponta do Arpoador. Eu sentia a água subindo, fazendo cócegas frias na batata da perna, nas coxas, na barriga. Quando já estava quase chegando aos ombros, eu pedia para voltar. Papai não deixava. Ele, que voava, parecia ser mais do mar que do céu. E me pegava nos braços, eu gritava. Em um gesto rápido, que nunca pude acompanhar direito, ele passava minhas pernas em torno de seu pescoço e, comigo enganchada ali, em torno de sua cabeça, começava a enfrentar as ondas. Lembro o terror que subia de dentro de mim, um terror abjeto, que vinha pela garganta e saía em forma de grito. Eu chorava, pedia, mas não adiantava. Papai não me ouvia. Ele ia até a ponta, onde não dava mais pé. Ia nadando, comigo nas costas, não sei como conseguia. Eu tinha certeza de que íamos morrer, os dois, toda vez. Que o mar ia nos levar. Mas eu estava errada. O mar queria apenas um de nós.

Agora estou no patamar do primeiro andar. Sinto o chão liso sob meus pés, não há degraus aqui. Tateio, percebo as diferenças de textura e calor entre a parede e uma superfície de madeira. Uma porta. Era aqui, talvez, que morava a mulher dos gritos. Encosto-me, sinto a madeira nas costas. Por que será que ela gritava? Os vizinhos disseram que ela tentou matar a filha. Como posso ter sabido disso? Eu era uma criança — como deixaram que eu soubesse? *Talvez eles também quisessem que eu morresse.*

Minhas costas se desprendem. Vou às cegas atrás dos degraus. O ar aqui tem um cheiro peculiar, que me lembra aquele quarto de fazenda onde fiquei sozinha, na noite de Carnaval. Os adultos tinham ido ao baile. Ficamos nós, as crianças, e uma única tia, que não gostava de festa e se ofereceu para tomar conta de todo mundo. Mas nós fizemos tanta bagunça que ela ficou zangada e nos trancou, cada um de nós, sozinho, em um quarto. A fazenda era imensa, com muitos quartos, alguns quase vazios, cheirando a mofo. A mim, coube um desses, um quarto que talvez nunca fosse usado, tinha apenas uma cama e uma penteadeira. E o cheiro de janelas que nunca se abriam. Havia uma luz, uma luz fraca, é verdade, que eu não sei bem de onde vinha, mas que era suficiente para me deixar entrever os morcegos pendurados no teto. Eram muitos. O medo que senti foi parecido com o do mar, mas sem grito. Eu só fechei os olhos e disse a mim mesma: dorme! Dorme porque, dormindo, você sai daqui. E eu dormi. Mas não foi a única vez na vida em que adormeci de terror.

Torno à escada. Há mais um lance. A escuridão se adensa cada vez mais. O ar parece mais pesado, morno — o ar quente sobe. E a memória, mesmo a mais difícil, tem calor. Quando chego ao hall do terceiro andar, viro à direita. Tenho a certeza tátil de tudo, não preciso de luz. Busco a pequena porta. Aqui está o trinco.

Logo, a claridade explode em meus olhos. As pupilas se abrem em um segundo, como o diafragma de uma velha máquina fotográfica. Aperto os olhos com força. É preciso esperar um pouco. Com a cabeça baixa, agora reabro e me deparo com as telhas. Estão cheias de limo, algumas exibem pequenas lascas, ranhuras. *Você me pergunta*.

Fiquei muitas horas escondida aqui, naquele dia. A frialdade das telhas me subia pelas pernas, doía. Encurvo o corpo para passar pela pequena porta e, com todo o cuidado, piso nas telhas limosas. Era mais fácil quando eu era criança. Os esconderijos diminuem quando crescemos. *Foi aqui*.

Nós soubemos da notícia pela televisão. Naquela época, não havia essa história de avisar à família primeiro. Estávamos sentadas na sala, minha mãe e eu, só nós duas. Lembro que as mãos de mamãe estavam ocupadas, era sempre assim, elas eram nervosas, pareciam ter pressa. Comandadas pelas mãos, as duas agulhas compridas, prateadas como antenas, se moviam em várias direções. Mas — de repente — pararam. O homem na televisão estava falando alguma coisa. As antenas ficaram imóveis, como se ouvissem também. Eu olhava para elas, sua imobilidade era a certeza de que estava para acontecer algo estupendo. O locutor falava. Um desastre. Óleo no mar, os primeiros destroços. Só então meus olhos de menina se despregaram das antenas prateadas e seguiram para a tela em preto e branco. Um mar todo cinza, um mar como aquele que me infundia terror. Um objeto branco e comprido, com letras pintadas, sendo içado. O homem continuava falando, eu ouvia sua voz. Foi com os ouvidos, também, que captei o baque junto de mim. Minha mãe tinha caído para o lado no sofá. Não vi seu rosto. Olhei apenas para as duas agulhas, jogadas no chão junto com a malha de linha, e tive certeza de que era meu pai quem pilotava aquele avião. *Foi aqui.*

Marienbad

Através de uma dessas cavidades a luz não poderia passar, pois nada haveria para sustentá-la. Dela não poderia ser emitido qualquer som. Dentro dela, nada poderá ser sentido. Um homem preso dentro de tal cavidade não poderia ver nem ser visto. Nem ouvir ou ser ouvido. Nem sequer viver ou morrer, porque tanto a vida quanto a morte são processos que têm lugar apenas onde existe uma força motriz, e no espaço vazio tal força não tem como existir.

O rapaz teve uma sensação estranha ao ler o texto. Estava sentado em um banquinho de um palmo de altura, os joelhos dobrados latejando, mas não conseguia levantar e sair dali. Ao passar pela rua deserta, vira os objetos pendurados na janela, a porta estreita, e decidira entrar, em um impulso, não tinha planejado nada.

Era um andarilho. Sempre aproveitava os dias de folga para caminhar. Procurava as ruas mais arborizadas, sombrias, para evitar o excesso de calor, mas das ladeiras não tinha medo. E foi assim que, naquele dia, subindo uma ruela, prestou atenção na pequena loja. E entrou.

A transição da luz para a sombra foi imediata, quase um transporte para outra dimensão. Assim que cruzou a porta, viu-se cercado por tal quantidade de antiguidades, cacarecos, brinquedos, discos, livros, que chegou a rir alto. Adorava sebos, tinha alma de colecionador. Sentia um fascínio por brinquedos antigos, não só raridades, mas também brinquedos vagabundos, de lata ou plástico. E bricabraques, memorabilia, lápis, flâmulas, jogos de botão, tudo, tudo isso o interessava. Aquela lojinha era um paraíso para ele.

Olhou em torno. Deu bom-dia, mas ninguém respondeu. Talvez o dono, ou dona, tivesse saído por um instante. Sem se importar, meteu-se pela loja adentro, passando com dificuldade pelos caminhos estreitos.

A loja era muito maior do que ele imaginara. A primeira sala, de teto muito baixo, levava a um corredor comprido, escuro. Apertou os olhos, mas não conseguiu ver aonde ia dar. Entrou por ele. A certa altura, ligou o celular e iluminou uma estante à sua direita, cheia de livros antigos, empoeirados. Depois conduziu o facho de luz em direção ao chão. Viu seus dois pés, calçados de tênis, pousados sobre um piso de azulejos hidráulicos, rachados, desbotados, com pedaços faltando. Mas, no chão, achou o banquinho. E se sentou para espiar as prateleiras inferiores, onde costumam ser encontradas as maiores preciosidades.

E foi ali, na prateleira mais baixa, que viu o livro sem lombada. Puxou-o. Estava apertado, mas saiu. Abriu no meio, ao acaso, sem saber do que se tratava. E deu com o texto que o inquietou.

Ambrose Bierce. Nunca lera nada dele. A lombada fora arrancada, deixando à mostra os cadernos que formavam o livro, suas junções. A capa tinha uma das pontas viradas, mas na contracapa ainda era visível uma parte do texto, em letras miúdas, vermelhas, sobre fundo preto. Não era fácil ler, naquela penumbra, letras impressas sobre papel escuro, mas se esforçou, apertou os olhos:

mais macabras de Bierce. Em muitas delas, há um homem caminhando sozinho por uma floresta, à noite, sem saber se está acordado ou sonhando — e se é uma vítima ou um assassino. Em outras, as pessoas desaparecem

O resto do texto, assim como o começo da frase, estava coberto por manchas marrons, de uma substância pegajosa que parecia cola.

Desligou o celular e fechou o livro, levantou-se. Tornou a olhar o corredor escuro. Escuro, úmido, frio, devia estar uns vinte graus a menos ali dentro em comparação ao dia de sol lá fora. Deu dois ou três passos e, sentindo-se um pouco tolo, tornou a olhar para trás e dar bom-dia, bem alto.

Mas ninguém respondeu.

Encolheu os ombros. Apesar do escuro, alguma coisa o atraía para o fundo do corredor. Foi em frente, caminhando devagar, mas com passos firmes, o livro debaixo do braço. Sentia-se bem. Tinha uma sensação de reconhecimento, a impressão de já ter visto os ladrilhos, os desníveis, as rachaduras, todos os detalhes do chão que pisava. E, à medida que caminhava, essa sensação só fazia aumentar.

Até que, em dado momento, percebeu uma luminosidade à sua direita. Viu que era um corredor perpendicular àquele em que se encontrava. Do fundo dessa outra passagem, emanava a luz que lhe chamara a atenção. Dobrou à direita e foi em direção a ela.

A luminosidade no corredor ainda era tênue, mas seus olhos aos poucos se acostumavam. Viu primeiro as mínimas cintilações. Nunca tinha pensado nisto: assim como as sombras podem ter cor, os objetos muito brilhantes às vezes cintilam no escuro. E lá estavam elas, as pequenas esferas, uma atrás da outra, aos pares, como se tivessem luz própria. Dos dois lados, acima de sua cabeça, ao longo das paredes. Soube de imediato o que eram. Eram os olhos de cristal de bonecas antigas, brilhando nas estantes que ladeavam o corredor. Aos poucos, foi divisando não só o brilho dos olhos, mas também a máscara pálida dos rostos de biscuit.

Ambas as paredes do corredor eram tomadas de alto a baixo por estantes com bonecas antigas. Além de seus olhos e rostos, o rapaz logo entrevia também seus corpos, nus ou vestidos. Muitas estavam desmembradas, faltavam-lhes pernas ou braços. Várias tinham cabeleiras emaranhadas, que lhes emprestavam um aspecto demoníaco, mas a maioria era careca, o que talvez fosse ainda mais inquietante. Eram tantas bonecas que ele, a princípio destemido, começava a apressar o passo em direção à luz. Mas o fim do corredor não chegava nunca.

Parece um sonho, pensou, de repente. Talvez tivesse entrado na loja, sentado no banquinho para folhear os livros, e adormecido. Sentia um estranho formigamento nas pernas, como se, a cada passo, elas tivessem mais dificuldade em se desgrudar do chão. Procurou pelo celular, pensando em ligá-lo outra vez para examinar melhor onde pisava, o chão de ladrilhos. Mas, no instante em que começava a remexer nos bolsos, foi sacudido por um estrondo, de uma porta se fechando com toda a força.

Foi um som tão potente, e tão inesperado, que ele trancou os olhos, de susto. E só ao abri-los, um ou dois segundos depois, caiu sobre ele a certeza do que acontecera: o dono da loja tinha trancado a porta. Fora embora, deixando-o fechado ali dentro. A sensação de pânico foi instantânea.

— Ei! Por favor!

Começou a retroceder pelo corredor, enquanto gritava. Sua voz saía esganiçada, quase fina.

— Por favor! Tem gente aqui dentro da loja!

Tropeçou em alguma coisa, tentou se segurar nas laterais. Mas lhe veio à mente a lembrança de que as paredes ali eram cobertas pelas estantes das bonecas. De repente, sentiu medo, um medo absurdo, desmedido, todo o pavor que não sentira antes agora concentrado sob sua pele, correndo nas veias com pequenos choques elétricos.

— Droga!

Com as mãos trêmulas, tirou o celular do bolso, tentou ligá-lo para iluminar o caminho, que lhe pareceu mais escuro do que antes, mas o aparelho escorregou de sua mão e caiu no chão, com um barulho que sugeria peças saltando.

— Merda!!

Tornou a apressar o passo, depois procuraria o celular.

Com grande esforço, suando muito, chegou ao salão principal por onde entrara, atulhado de quinquilharias. Agora ali também estava escuro. Sem dúvida, a porta da rua fora fechada. Não se lembrava bem de que lado ela ficava. Sentia-se zonzo, desorientado. O melhor era ficar parado, não se mover muito. E gritar, chamar com toda a força. Foi o que fez.

— Ei! Tem alguém aí fora? Por favor, eu fiquei trancado aqui dentro!

Silêncio.

Uma gota de suor caiu em seu olho esquerdo. Ardeu. Agora o frio se transformou em calor, está quente aqui. Passou a mão na nuca, na garganta, tudo estava úmido.

Já ia abrindo a boca para gritar mais uma vez, mas desistiu. Lembrou-se do celular. Claro, seria só voltar, encontrá-lo e telefonar. Para algum conhecido, para os bombeiros, qualquer coisa assim. Alguém viria arrombar a porta e tirá-lo dali. Para que lado mesmo é o corredor? Acho que é aqui.

Foi andando bem devagar, o silêncio de repente crescia, zumbia em seus ouvidos.

Na penumbra, ele caminhava em meio a uma floresta de árvores estranhas. Percebia a imensidão da floresta e tinha a consciência de ser o único ser vivo ali. Enquanto caminhava, sentia-se atormentado por uma sensação de culpa inexplicável, como se andasse em expiação por um crime há muito cometido.

Alguma coisa o atraía para aquele livro. Agora, não sentia nem a calma de quando penetrara a loja, nem o pânico de quando ouvira a porta se fechar. Estava anestesiado. Conseguira achar o celular no chão. Não estava quebrado, afinal. Tornara a sentar-se no banquinho. Seria o mesmo banco de antes? Ao ligar o aparelho, a luz se acendera, uma luminosidade azulada, suficiente para ler alguma coisa com esforço. Em vez de aproveitar a bateria para telefonar e pedir ajuda, jogara o jato de luz sobre o livro que carregava e começara a ler trechos, aleatoriamente. Anestesiado. Era isso, anestesiado.

Lá dentro, tudo era vazio: tudo recoberto pela poeira do abandono. Uma luz tênue — a luz sem sentido que existe nos sonhos e que se alimenta de si mesma — permitia-lhe passar de um a outro corredor, de um a outro quarto, as portas cedendo ao toque de suas mãos. Em cada quarto, era grande a caminhada entre uma parede e outra. E ele jamais pôde chegar ao fim de qualquer um dos corredores. Seus passos provocavam o som oco e estranho que só é ouvido nas casas abandonadas ou dentro dos túmulos.

Fechou o livro mais uma vez, o coração aos saltos. Estava ainda mais abafado ali dentro. Precisava se concentrar, ligar para alguém, pedir socorro. Estava perdendo tempo.

Recolocou o livro na prateleira e se levantou. Tornou a olhar o corredor comprido, como se tentasse decorar o caminho que ia trilhar no escuro. Precisava desligar o celular, para economizar bateria. É para cá, para a direita. A sala principal, perto da porta da rua, fica desse lado.

Desligado o celular, aguardou um pouco antes de se mover. Estava esperando que os olhos se acostumassem à escuridão, mas os segundos passaram e nada aconteceu. O negror à frente de seu rosto era agora uma massa compacta, palpável, quase sentia sua carícia na pele. Começou a andar. Um passo depois do outro, devagar. Só não queria se amparar nas paredes onde estavam as bonecas. Era ali o corredor das bonecas? Talvez. Os olhos delas tinham desaparecido agora, tragados pelo escuro absoluto, mas não fazia diferença, ele sabia que elas estavam lá. Seguiu em frente, com muito cuidado.

O corredor não acabava nunca. Parecia ainda mais comprido dessa vez. Claro que é uma ilusão, fruto da cegueira momentânea. Tentou se distrair, pensou em Ray Charles. Dizem que as pessoas cegas são grandes amantes. Elas são só tato e gosto e cheiro, isso as faz sentir e provocar sensações que ninguém mais tem. É um pouco como a morte. Mas para todo mundo é assim, gozar, morrer, *la petite mort*, os franceses sabem bem. A privação dos sentidos, a...

Parou.

Era a luz no fim do outro corredor, a mesma que vira antes. Tinha se esquecido dela. Em suas movimentações pela loja, depois que ouvira o barulho da porta se fechando, voltara a atenção para outras coisas, não pensara mais na luz. Lembrava-se apenas de, em um primeiro momento, ter cogitado ir até ela. Para quê?

Não sabia mais. Tampouco sabia se aquele era o mesmo corredor onde vira a luz da primeira vez. Mas, sim, só podia ser, pois encontrara de novo o banquinho, o chão de ladrilhos. Estava confuso. Precisava sair dali de qualquer jeito.

Mas o que seria aquela luz no fim do corredor?

Talvez fosse uma luz de emergência. Ótimo. Assim, não precisaria gastar a bateria do celular. Poderia sentar, se acalmar e então tentar ligar e pedir socorro. Vamos, agora, devagar. Passo a passo, o telefone bem apertado na palma da mão, para o fundo do corredor, vamos. Não é preciso ter medo, nada pode lhe acontecer aqui dentro. Se ninguém ouvir seu chamado, se o telefone não funcionar, se a bateria acabar, só terá de esperar o tempo passar, daqui a algumas horas o dono vai reaparecer e abrir a loja. Tudo vai dar certo, tudo vai acabar bem.

Seguiu em frente, com os passos um pouco mais firmes, o corpo mais ereto. Olhava de soslaio para os lados. Agora tinha certeza de que aquele não era o corredor das bonecas, era outro, as sombras eram diferentes. À medida que se aproximava da luminosidade azulada, percebeu que as paredes estavam forradas de quadros de vários tamanhos. Havia cintilações também, mas estas não vinham das pinturas e sim de suas molduras douradas, de madeira trabalhada, parecendo muito antigas.

Pronto, ali está. É dali que vem. É ali o ponto de onde emana a luz. Um ponto um pouco recuado na parede, como um nicho. Mais alguns passos, com cuidado — há objetos empilhados no chão, de um lado e de outro, caixas talvez —, e chegará lá.

Chegou. É, como supôs, um nicho. Mas não há ali uma barra de luz de emergência e sim uma iluminação difusa, de origem incerta, que se projeta sobre um pedaço de parede onde há um único quadro, solitário. *A luz sem sentido que existe nos sonhos e que se alimenta de si mesma.* O quadro não tem, como os outros, moldura dourada. A moldura é simples, reta, escura, parece de metal. Mas o quadro prende sua atenção de imediato. Franze o rosto tentando se lembrar de onde conhece aquela cena.

Enquanto está assim, observando o quadro com toda a atenção, surge em sua mente uma ideia absurda, um pensamento que o faz estremecer, algo sem sentido, mas que veio com força inexplicável, com a clareza de uma voz que lhe sussurrasse: desvendar aquele quadro é a chave para sua liberdade. Caso contrário, nunca mais conseguirá sair daqui.

É um jardim. Cercado por bosques densos, mas ele próprio

um jardim quase nu. Cortado por aleias de areia clara. Entre elas, extensões de gramado, uma grama bem aparada, perfeita. Talvez perfeita demais. Os únicos arbustos que ladeiam as aleias são podados em forma de cones, com igual rigor geométrico. São todos perfeitamente idênticos. Além das plantas, há também estátuas de mármore em seus pedestais.

O jardim está quase vazio. Não há mais do que uma dúzia de pessoas espalhadas por suas aleias. E todas estão imóveis, sem o menor sinal de movimento. Suas sombras projetadas no chão, espichadas, sugerem que o dia está morrendo, ou nascendo, e elas estão ali, paralisadas, as mãos alinhadas ao corpo, como se presas de um encantamento.

Chegou mais perto, franzindo os olhos. Na parte de baixo do quadro, sobre a moldura trabalhada, havia uma pequena placa de metal, estreita e comprida, na qual estava escrito: *O ano passado em Marienbad*.

Então era isso. Era daí que vinha a sensação de reconhecimento.

Era uma cena do filme, aquele filme estranho, incompreensível, todo narrado aos pedaços. Lembrava-se daquela cena no jardim. Lembrava-se também de ter lido em algum lugar que o diretor, Alain Resnais, tinha esperado dar meio-dia em ponto para filmar a cena, para que as pessoas de pé nas aleias não deixassem sombras. E as sombras espichadas, perfeitamente delineadas, que apareciam no filme, eram na verdade pintadas no chão, com tinta. Esses diretores loucos.

Continuou olhando para o quadro. Por que alguém poria a foto de uma cena de cinema entre antiguidades?

A luz azulada no nicho não o deixava ver direito, mas, engraçado, não parecia uma fotografia. Parecia uma pintura de verdade. Como se a cena de Resnais tivesse sido reproduzida a óleo. Por que alguém faria isso? *É preciso desvendar o quadro. Caso contrário, nunca mais*. Passou a mão na garganta. Depois desceu com ela até o bolso e pegou o celular. A luz tocou seus olhos e estes se concentraram no canto superior direito da tela, onde um desenho em forma de bateria mostrava que ela estava chegando ao fim. Precisava ligar logo, pedir ajuda. Seu tempo se esgotava.

Anestesiado. Guardou o celular, esfregou os olhos com as duas mãos. Tornou a se aproximar do quadro. As figuras tão pequenas, imóveis no jardim. Uma delas à frente das demais. É um homem, está só. Era dele, daquele homem solitário, que emanava a sensação mais forte de reconhecimento. Era ele, também, que lhe transmitia inquietação.

Não podia desgrudar os olhos da figura, não conseguia sair de junto do quadro, caminhar de novo até a sala principal da loja, bater na porta, pedir socorro. Telefonar. Sabia, em algum ponto de sua mente, que precisava fazer tudo isso, mas não fazia. Continuava ali, os olhos fixos no quadro, no homem plantado no jardim.

E então começou.

Foi como uma alucinação, mas ele assistiu a tudo com uma calma imensa. Foi quase com alívio, como se o acontecimento sobrenatural desfizesse de uma só vez a tensão da espera. Viu quando o homem no quadro se virou de costas e começou a caminhar pela aleia, deixando para trás sua própria sombra, espichada no chão de areia.

Aguardou enquanto ele se afastava, tomando um dos caminhos laterais do jardim. Agora de perfil, o homem continuava andando, andando, bem devagar, em direção ao extremo do quadro. Com o rosto quase colado na pequena tela, o rapaz esperava, lívido. Sabia que, quando a pequena figura chegasse à borda, não haveria mais volta.

Mas não fez nada. Esperou.

De repente, não se importava mais. Estava sereno, sabia

tudo o que ia acontecer. O homem pequenino continuaria caminhando. E, antes de deixar a pintura e desaparecer, ia se virar. Quando isso acontecesse, tudo estaria terminado. *Um homem preso dentro de tal cavidade não poderia ver nem ser visto. Nem ouvir ou ser ouvido. Nem sequer viver ou morrer.* Era esse o segredo, o rapaz acabava de desvendá-lo. O homem na pintura ia se virar, encará-lo, mostrar o rosto — e esse rosto era o seu.

A pena é minha
[Dia e hora desconhecidos. Ano provável: 1913]

Na noite de 9 de novembro de 1878, lá pelas nove horas, o jovem Charles Ashmore deixou a família reunida em casa e, levando uma pequena jarra, saiu em direção à fonte. Como demorava a voltar, a família ficou inquieta, e o pai, indo até a porta por onde o rapaz saíra, chamou por ele sem obter resposta. Acendeu então uma lanterna e saiu à procura. Naquela noite havia caído um pouco de neve, que cobria o caminho, mas deixava evidente a trilha feita pelo rapaz. Cada pegada era perfeitamente visível. Quando já havia percorrido pouco mais do que a metade do caminho, o pai estacou e, erguendo a lanterna, espiou a escuridão. A trilha do jovem terminava de repente e dali para a frente a neve fofa estava intocada.

O homem que estava para ser enforcado era de idade indefinida, compleição forte e ombros largos, ainda que o peito fosse ligeiramente afundado, característica dos asmáticos. Seu cabelo, de um louro quase ruivo, já trazia grandes mechas brancas nas têmporas, mas os olhos, azuis, cintilavam como se tivessem sido transplantados de um corpo mais jovem.

Estava de pé sobre uma prancha de madeira, com as mãos amarradas às costas, o pescoço envolto por uma corda grossa, que fora atada à estrutura da ponte. Tinha um semblante estranhamente calmo. Baixou os olhos e observou as águas do rio, que corriam seis metros abaixo. Eram de um ocre escuro, parecendo sangue coagulado, mas, afora a cor, não carregavam qualquer presságio. Corriam com mansidão, abrindo-se em pequenas ondas que refletiam a luz do sol.

Enquanto o homem olhava para a água, um ruído estridente o fez estremecer, como o apito de um trem. Tentou olhar para o lado, para a direção de onde viera o som — a estrada de ferro? —, mas a corda repuxou seu pescoço, retendo o movimento. Fechou os olhos com força. O ruído estridente se repetiu, agora bem próximo e, portanto, ainda mais forte.

Mas a repetição extraiu dele um suspiro de alívio. Tinha reconhecido o som. Não era um trem. Era apenas um pio de coruja, a coruja que dava nome ao riacho.

Tornou a olhar para baixo. A tremulina criada pelo alvorecer espelhado nas águas do rio era hipnótica. Brilhava mais e mais, à medida que o sol se erguia no horizonte. Talvez já passasse de sete da manhã. É uma hora boa para morrer, pensou o homem, tentado a soltar uma gargalhada, e contendo-se a custo. Olhou com o canto dos olhos para o bandoleiro chefe e os dois subordinados que estavam em posição de prontidão, percebendo um menear de cabeça do primeiro, como se assentisse. Sabia que era o sinal para fazê-lo despencar, o que provocaria o retesamento da corda e a quebra de seu pescoço. Pensou em cada mínima fração de segundo que comporia essa sucessão de acontecimentos, com todos os detalhes nela envolvidos, incluindo a dor, a falta de ar, o terror final, mas nada o abatia: continuava sentindo-se eufórico, poderoso, com a convicção de que, de alguma forma, conseguiria escapar. Afinal, já passara por isso antes.

Numa tarde ensolarada de outono, um jovem soldado se desgarrou de seu batalhão e entrou na mata sem ser visto. Tinha vinte anos, cabelos de um ruivo esmaecido e olhos azuis acinzentados que ostentavam, sempre, uma chispa de cinismo. Esse ar debochado era malvisto por muitos de seus pares, mas o comandante, general William Hazen, percebeu que podia usar aquele temperamento mordaz em favor da pátria, transformado em coragem. Quem desdenha não pode dar-se ao luxo de exibir medo.

E foi assim que Ambrose — era esse seu nome — recebeu a incumbência de sair sozinho à frente do batalhão e penetrar no campo inimigo em missão de reconhecimento.

Assim que a mata se fechou em torno dele, respirou fundo, sentindo o cheiro de húmus que subia da terra, enquanto apalpava o bolso onde trazia a caderneta. Estava feliz, com um sentimento novo de liberdade. Sabia que sua missão era difícil: traçar um mapa do acampamento confederado e voltar com as informações. Mas era justamente o tamanho do risco o que o deixava tão eufórico. Ouvia seus próprios sons, a bota amassando as folhas, e a cada passo era como se um poder telúrico lhe subisse pelas veias, encorpando o sangue, dando-lhe novas forças. Suas têmporas latejavam, mas não sentia nenhum medo. Era como se desafiar a morte o tornasse mais forte, mais poderoso — mais vivo do que nunca.

Ergueu o rosto, com os movimentos sempre tolhidos pela corda, e virou-se na direção contrária à dos bandoleiros. Olhou em direção à margem do rio, lá longe. Apertou os olhos e perscrutou a floresta, que quase se derramava na água. Sem nenhuma surpresa, percebeu cada árvore da mata, cada folha das árvores, cada veio das folhas, e até mesmo os insetos que voejavam em torno delas. Todos os seus sentidos estavam aguçados, a um ponto sobrenatural.

Imaginou que seus olhos agora estavam enormes, os globos oculares saltados como os de uma gigantesca mosca, o corpo coberto por uma pele furta-cor, negra, azul e verde, cintilando ao sol. Esse pensamento o fez sentir subir de dentro de si, mais uma vez, uma gargalhada, mas esta nunca lhe chegou à garganta, porque uma voz grossa estrondou e ele sentiu a tábua que o sustentava desaparecer sob seus pés.

O jovem soldado abaixou-se para beber água do rio. Com um dos joelhos fincado na lama da margem, viu o próprio rosto refletido na água e sorriu satisfeito, antes que suas mãos em concha ferissem a superfície líquida. A água era límpida e fria em contato com a pele, mas o caos nela provocado pela imersão das mãos, e o consequente desaparecimento de seu rosto naquele rodamoinho, por algum motivo o desconcertou. Sua imagem se partiu em pedaços oscilantes, desconstruiu-se, flutuou em tremores laterais, trazendo, de forma inexplicável, uma sensação de dor, como se de repente ele tivesse resvalado para um mundo encantado, em que a cada gesto espelhado correspondesse uma reação na vida real.

Era estranho, era confuso, era absurdo, mas o soldado teve a nítida impressão de que sua cabeça — não a imagem — se partia em pedaços.

Daí em diante, o mundo continuou existindo — mas em silêncio.

A audição desaparecera de todo. Naquele mundo silencioso, ele se viu cercado de luz, uma luz que disparava para cima a uma velocidade inconcebível, enquanto ele parecia mergulhar cada vez mais fundo, cada vez mais fundo. Em torno, havia apenas escuridão e gelo, donde concluiu que a corda se partira e ele mergulhara no rio.

Isso lhe dava uma chance de escapar. A corda ainda lhe apertava a garganta, de onde emanava uma dor aguda, uma agonia mortal que tocava cada fibra do seu corpo. Mas, ao mesmo tempo, pensou, a corda que lhe apertava o pescoço o impedia de engolir água e afogar-se. Só precisava de alguns segundos, alguns poucos segundos para, em um último esforço, nadar até a superfície e, só então, afrouxar o laço. Ia conseguir, tinha certeza. Mais uma vez pensou: já passara por isso antes.

Daí em diante, o mundo continuou existindo — mas em silêncio.

O jovem soldado se arrastou para longe da margem, os olhos apertados, atentos. A mata que o cercava pertencia agora a um novo universo, desconhecido, um universo sem sons. Caminhou e caminhou, com muita dificuldade, agarrando-se aos troncos, afastando galhos, saltando pedras limosas, escorregadias. Depois de um tempo que lhe pareceu imenso, deu em uma clareira, recoberta por uma névoa espessa, que parecia se agarrar à terra para não se dispersar.

Exausto, o rapaz se enroscou junto ao tronco de uma árvore e se cobriu com as folhas secas do chão, tentando se aquecer. A clareira era pequena, mas deixava passar, se não o sol, ao menos um pouco de calor que o céu branco espelhava. Não demorou a adormecer.

Acordou atordoado, sentindo um gosto de sangue na boca.

Abriu os olhos com dificuldade, sem saber quanto tempo permanecera ali, mas com a certeza de que haviam sido muitas horas, pois anoitecia na floresta. Mexeu as pernas, começando a tirá-las de sob as folhas apodrecidas. Estavam dormentes, cada movimento agora se fazia mais e mais difícil, seu corpo contaminado por aquele mundo algodoado e mudo.

Estava assim, tentando se mover para afinal levantar-se, quando viu surgir, do outro lado da clareira, um vulto. Mexia-se sem ruído, como tudo, mas na penumbra a forma o fez pensar em um animal grande, talvez um urso. Parou, à espera. Apertou os olhos.

Não, não parecia um urso, embora tivesse um andar incerto, pesado, de quem tem dificuldade de carregar o próprio corpo. Mas esse andar se alternava com momentos em que o bicho se punha de quatro e rastejava. O jovem ainda tentava adivinhar que animal era aquele, e se perguntava se ele ia farejar sua presença, quando percebeu que atrás dele vinha outro. E mais outro. Outro, ainda.

Eram muitos, um bando inteiro, todos com aquele andar incerto, às vezes nas quatro patas. Arrastavam-se na direção do riacho. E então entendeu.

Eram homens.

O rapaz ficou imóvel, temendo ser descoberto. O bando continuava passando, muito, muito devagar, movendo-se como se estivesse em outra dimensão, em meio àquele silêncio sem medida.

Mas de repente um dos homens do bando virou-se na direção dele. Viu quando o rosto se moveu, e parou. Viu quando ele arregalou os olhos no escuro.

O rapaz mal respirava. Fora descoberto, não tinha dúvida. O homem abriu a boca para gritar, para alertar os outros sobre a presença daquele jovem ali, perdido na mata. Mas da boca aberta não saiu som algum. Foi um grito mudo.

Aquela mudez, aquele mundo mergulhado no silêncio tinham uma explicação. O jovem não sabia, não saberia tão cedo. Ainda não se apercebera da pasta escura que lhe escorria pelos ombros, confundindo-se com a terra negra da floresta, com a lama pisada das margens. Sua mente confusa não conseguia processar a consciência da dor, que era difusa, irreal. Ele não sabia, mas uma lasca de seu crânio se fora, como um pedaço de árvore ante a primeira machadada. Ele caminhava como um quase morto, um morto-vivo. Seus tímpanos tinham sido dilacerados pelo estampido. Ele recebera um tiro na cabeça.

Já passara por isso antes. O tiro na cabeça, quando era um jovem soldado. Não seria agora que iriam acabar com ele assim tão facilmente. Continuou nadando, seu corpo tomava impulso para cima, para cima, rumo à superfície. A luz ia ficando mais nítida, como se o chamasse. Quando o topo de sua cabeça rompeu a última película de água, foi imediatamente ofuscado pelo sol, que teimava em nascer.

A correnteza estava forte, o rio parecera encorpar-se enquanto ele estivera no fundo, agonizando. Movimentava uma das mãos, tentando se manter à tona, e com a outra procurava a todo custo afrouxar a corda. Respirar ainda era muito difícil. Sentia a cabeça congestionada, a glote obstruída. Os reflexos do sol oblíquo na água agitada provocavam uma miríade de cintilações, que pareciam girar à sua volta. A água, as margens do rio, a floresta, a ponte agora distante, os bandoleiros, tudo se confundia, era um borrão, os objetos sendo perceptíveis apenas por sua cor. Fora apanhado em um turbilhão. E, quando ainda tentava entender o que estava acontecendo, ouviu o primeiro tiro.

Voltou a opressão no peito, ele respirava às golfadas. A água explodiu a poucos metros, como um gêiser. A coluna de massa líquida subiu e caiu sobre ele, com estrondo. Como um tiro de canhão.

Precisava reunir forças e sair nadando dali, a correnteza era favorável, ajudaria a arrastá-lo para longe do perigo, para a margem do outro lado, a margem na qual se debruçava a floresta, com suas árvores tão nítidas, as folhas familiares, os insetos reconhecíveis. Ali, ele estaria a salvo.

Renovou os esforços para afrouxar a corda. Era um trabalho de milímetros, mas tinha certeza de estar tendo êxito, o ar recomeçava a traçar o caminho em direção a seus pulmões. Tudo acontecia aos arrancos, em meio aos respingos d'água, no cerne daquele turbilhão em que se encontrava, girando sem parar. Mas não se deixou abater. Ia conseguir. Ia sair dali.

As massas d'água continuavam despencando do céu, prova de que os bandoleiros não desistiam. Em dado momento, chegou a sentir o deslocamento de ar da bala, antes que esta explodisse no rio, a poucos metros de seu braço esquerdo. A agitação provocada na água foi tamanha que ele caiu em um rodamoinho, começando a girar no sentido contrário à paisagem que também rodava à sua volta. Não conseguia manter abertos os olhos encharcados, os cílios pesavam. Sentiu que ia desfalecer. Não podia deixar isso acontecer! Se desmaiasse na água, estaria morto. Estendeu as mãos para a frente, no mesmo instante em que arregalava os olhos. E viu, sob os dedos arroxeados, as pedras da margem. Ele se agarrara. À sua frente, a mata fechada, por onde ia escapar. Estava salvo.

Na penumbra, ele caminhava em meio a uma floresta de árvores estranhas. Percebia a imensidão da mata e tinha a consciência de ser o único ser vivo ali. Enquanto caminhava, sentia-se atormentado por uma sensação de culpa inexplicável, como se andasse em expiação por um crime há muito cometido.

* * *

Durante todo o dia caminhou, guiando-se pelo sol. A floresta parecia interminável. Não sabia que vivia em uma região de mata tão fechada. E havia nessa revelação qualquer coisa de sobrenatural. Quando a noite caiu, estava exausto, faminto, os pés feridos. Mas continuava seguindo a trilha estreita na floresta. Não havia nada em parte alguma, nenhum sinal de que a região era habitada por humanos. Apenas o corpo negro das árvores formando uma muralha, de ambos os lados. No alto, quando ele olhava através das copas das árvores, via o brilho de gigantescas estrelas cor de ouro, que lhe pareciam estranhas e agrupadas em constelações desconhecidas. E tinha certeza de que formavam um padrão cujo significado era secreto e maligno.

Seu pescoço doía e ao passar a mão nele viu que estava horrivelmente inchado. Sabia que tinha um círculo escuro no lugar onde a corda o ferira. Seus olhos estavam congestionados. Já não conseguia fechá-los. A língua inchara de tanta sede. O tempo escoava em um ritmo diverso do que conhecia. Talvez tivesse adormecido enquanto caminhava e agora sonhasse.

Só podia ser isso. Só podia ser essa a explicação para o cenário que se descortinava agora, abrindo-se de repente na ponta da trilha que cortava a floresta. Era sua casa.

Mais do que a salvo, estava de volta.

Mas antes que pudesse gritar de alegria, sentiu uma pancada na nuca. Uma luz branca, capaz de cegar, explodiu em torno dele com um som que se assemelhava ao tiro de um canhão — e depois tudo foi escuridão e silêncio.

O homem que estava para ser enforcado não respira mais. Está morto. Seu corpo, o pescoço quebrado, balança lentamente de um lado para outro por entre os dormentes da ponte. Abaixo dele, correm mansas as águas do rio, cor de barro. Acaba de amanhecer.

Os três homens que assistem a tudo, na ponte, ficam quietos por um instante. Um deles tem o olhar fixo no cadáver. Mas o chefe dos bandoleiros solta uma gargalhada e se afasta, acompanhado do outro.

O que ficou sozinho na ponte tira o chapéu e, depois de espiar por sobre o ombro para ter certeza de que não é observado, faz o sinal da cruz.

A *morte é um dignitário que, ao ser anunciado, deve ser recebido com manifestações formais de respeito, mesmo entre aqueles que lhe são mais familiares.*

Agora, o enforcado está só, seu corpo balançando cada vez mais, pois cresce em vento a brisa que sopra sobre o rio. Passaram-se muitas horas desde que os três homens se afastaram da ponte, deixando o morto sozinho na paisagem. As águas escureceram, o céu também, talvez entardeça, não sabemos, ou talvez seja apenas a tempestade que se aproxima. O vento faz esvoaçar os cabelos ruivos, de mechas acinzentadas, a camisa de sarja azul saiu para fora da calça e suas pontas balançam também. O enforcado é todo ele um estandarte, talvez seu corpo tenha sido deixado ali para que outros passem e vejam, para que daí depreendam que é preciso alinhar-se, tomar posição, não vacilar. O homem enforcado violou regras, desobedeceu a ordens, rompeu pactos. Ele jamais aceitou demarcações. Não seria agora.

Uma lufada mais forte de vento faz ranger as madeiras da ponte. A corda atada aos dormentes e ao pescoço do homem parece sofrer com a tempestade. Se chegarmos mais perto, veremos que no ponto em que ela foi amarrada à madeira há uma esgarçadura, as fibras, esticadas ao máximo, dão os primeiros sinais de que podem se romper.

Na margem do rio, a floresta se derrama, bordejando a terra até quase dentro d'água. É uma floresta escura, de copas fechadas, aonde a noite e a tempestade chegaram antes da hora. Há um zumbido pairando sobre ela, mas talvez seja só o vento. O vento que sopra cada vez mais forte.

A chuva desaba. Primeiro em pingos grossos, mas espaçados, que caem sobre a madeira da ponte como cusparadas. Sobem vapores, o zumbido da mata cessa, sobreposto pelo troar das águas, que em poucos minutos caem torrenciais. O morto balança, encharcado, os cabelos cinzentos escurecidos pela água. Nossos olhos agora estão toldados pela chuva, toda a cena à nossa frente ganhou aquela cor entre o branco e o cinza que contamina as paisagens durante uma tempestade.

Mas, de repente, ouve-se um estalo. Tudo acontece muito rápido. O ponto onde antes víramos a corda se esgarçar partiu-se. O homem enforcado vai desabar no rio, seu corpo será levado pela enxurrada e talvez nunca mais seja encontrado. Mas... é estranho: no instante exato em que a corda se rompia e o cadáver despencava em direção à água, vimos os olhos do homem se arregalarem, sua boca se abrir em uma espécie de sorriso. Um segundo, não durou mais que um segundo — mas aconteceu. E era um sorriso cínico, um sorriso de vingança, como se ele desdenhasse da própria morte, desafiasse o destino, como se, em mudo grito de escárnio, nos dissesse:

Agora e na hora, a pena é minha. E quem tem o poder sobre a vida e a morte aqui sou eu.

LIVRO DOIS
A quase morte

Faltam três horas. Três horas porque eu assim decidi, é como deve ser. Três horas, cento e oitenta minutos, para que você possa ler o que tenho a dizer de uma arrancada, no tempo que nos resta, a mim e a você, irmanados na vertigem de percorrer esse território — noturno, lunar, onírico — que é o cenário da morte.

Três horas, um pedaço de madrugada. Não será preciso mais que isso. O pino do cronômetro foi pressionado, como arrancado seria o de uma granada — e não há volta. Fiz uma aposta e perdi, portanto está feito. Tudo será como deve ser, três horas, mais nada.

O que ele procura, esse velho, meu irmão no vazio?

Não direi, ainda. Mas sei o que busco nas telas em branco com linhas pontilhadas que se escondem aqui embaixo, surgindo ao toque da pequena seta, como coelhos saltando da cartola. *Meus dedos sabem*, e me conduzem neste momento final, juntando letras, formando palavras, frases, escolhendo a ordem das cartas, dos contos — as histórias terminais —, pinçando talvez seus fragmentos, construindo e desconstruindo, da maneira que bem me aprouver, porque não devo nada a eles, os abutres.

Com o canto dos olhos, espreito o objeto sobre a cômoda, seu pequeno volume de metal escuro, não mais que um palmo, aguardando a hora. Sinto que a mim também o ar falta, o peito prensado me impede de respirar. Sou esse velho, também. Sou todos eles, os mortos, os quase mortos. Mais uma tragada na guimba. A brasa se aviva e quase me queima a ponta dos dedos. Apago o toco com raiva, estalo a mão no ar como uma chicotada. Mas a explosão maior se dá junto ao casco, formando veios na água.

O livro está pronto. Suas histórias — múltiplas, últimas — são parte da sentença, ganharam substância através das teclas cor de marfim, das quais tenho sido escravo, a vida inteira. Teclas nas quais imprimi palavras vazias, não minhas, mas que me deram sustento. *A arte da fome*. São elas, essas teclas, as testemunhas do meu silêncio amargo, o travo na boca, a barba crescida, o olhar baço. Os pés que se arrastam até a estante em busca de um livro qualquer. As teclas conhecem como ninguém este ser noturno, solitário, o apartamento sórdido, a poeira, as guimbas de cigarro, a borra do café solúvel no fundo da xícara sem asa.

Serão elas que receberão o último suor que porejar das palmas, na agonia da escrita terminal. A aposta foi perdida e não há como voltar atrás. Eu tinha prometido. Anos de pesquisa, quase uma década escrevendo, o sangue correndo toda noite, madrugada adentro, porque as horas diurnas eu precisava dedicar a ganhar o pão. Dei o melhor de mim, a seiva mais pura que me correu nas veias — para quê? De nada adiantou, eles me ignoraram, mais uma vez.

Mas agora vou me vingar. O livro está todo aqui, só preciso juntar as peças, fazer as cesuras — ou esgarçá-las —, deixar escorrer o que falta pela ponta dos dedos amarelados, rumo às teclas do mesmo tom, para dali emergir na tela de cristal líquido, Times New Roman, corpo 14, boiando na superfície leitosa, de um branco brilhante como um lenço.

No princípio, foi a quase morte.
De repente, ela estava em toda parte. No amigo decrépito que um dia me olhou com olhos vazios e já não soube dizer meu nome. Na amiga que escapou por pouco de tomar um avião que explodiria sobre o oceano na madrugada de temporal. Na outra amiga que, estando no banco de trás de um táxi, ouviu um estrondo e descobriu que o vidro acabara de ser estilhaçado por uma bala. *Esmagador. Estupendo*. E ainda no velho conhecido que pôs o nome da morte no título de seu livro — *O assobio da foice* —, sem saber da doença mortal que o corroía. Os exemplos se multiplicavam, não paravam mais. Todas aquelas pessoas continuavam vivas, mas em outro patamar, atadas por um fio de estranheza.

Era como se a morte se aproximasse, em círculos concêntricos que se fechavam, um movimento contrário ao provocado pela pedra na água. Presságios, eu sabia bem. Eu, que brincava, fazendo dela a personagem central do livro último, já planejava me ver frente a frente com ela. Talvez por isso não tive a mínima surpresa quando um dia aconteceu.

Foi como a cena de um filme B. Já anoitecia quando ouvi um ruído, uma batida leve na porta da rua. Fui abrir, distraído, sem qualquer urgência interna — e dei com o vulto. O velho e conhecido vulto negro, sem rosto, no corredor, a foice na mão. Era ela, com seu sorriso de escárnio. Não tinha rosto, mas sorria. A morte sempre sorri.

Devo ter sorrido de volta, porque o médico, do outro lado da mesa, me olhou com espanto. E repetiu a frase.

— É um tipo raro de tumor.
— Raro?
Ele assentiu.
— Você provavelmente vai querer ouvir outros médicos, mas, na minha opinião, não é caso de cirurgia.

Não é caso de cirurgia. Parecia uma boa notícia, mas eu sabia que não era. Ao contrário. Ele estava explicando, com a habilidade de quem lida sempre com a morte — ou a quase morte —, que o tumor era inoperável.

Senti uma estranha euforia, um medo caloroso, feito de gritos, não de silêncios. E tive vontade de dizer alguma coisa que o deixasse chocado. Cheguei um pouco mais à frente, encostando no tampo de cristal da mesa meu peito corrompido.

— Quanto tempo?

Ele baixou os olhos. Nenhum homem, por mais calejado que seja, enfrenta essa pergunta sem titubear. O médico piscou várias vezes, e por um segundo tive a impressão tola de que ele sentia vergonha por estar vivo e saudável. Mas recuperou-se e ergueu os olhos.

— Não muito mais que seis meses.

Horas depois, caminhando pelas pedras portuguesas do Arpoador, só então, sentindo o vento sudoeste que batia feroz, crivando o mar de pequenas feridas brancas, só então senti subir a raiva. Raiva por não ter conseguido, depois de tanta luta, tanto estudo e dedicação, chegar àquele patamar que estava coalhado de medíocres.

Sou melhor do que eles. Nunca soube fazer a corte, bajular os poderosos, dizer as necessárias mentiras. Frequentar os chás, as feiras e os encontros, sorrir com complacência diante da suprema demonstração de vaidade que é a academia. Raiva, muita raiva, sobretudo pela insolência do destino, que ousava decretar minha sentença quando eu próprio já decidira tudo sozinho.

Seis meses. As histórias prontas, tudo arranjado. Eu não podia me deixar morrer assim, dessa forma, pensei. Nunca. Eu é que daria as cartas, determinaria o tempo. Apresentaria o livro póstumo, o livro da morte, aquele que eu já tinha inteiro, e o ponto final seria feito com meu próprio sangue — é outro clichê, mas e daí? Eu aporia o ponto na hora escolhida por mim, não por ela, e faria isso sentado à mesa onde a vida toda fui escravo da palavra. A *arte da fome*.

A pior sentença que pode cair sobre as mãos de um escritor é morrer deixando um livro em meio. Como Camus. Isso não acontecerá comigo. Terei a última palavra, vou ser o dono da minha própria morte, como da vida não fui. Pela vida me deixei arrastar como tora no rio, sempre trabalhando um texto que não era meu, traduzindo, traduzindo. E quanto mais medíocre o original melhor, porque era mais rápido, eu ganhava um pouco mais. Só assim foi possível sobreviver, ter o mínimo para pagar o aluguel, as contas, livros, cigarro. Ninharias. A arte da fome. Foi só o que consegui.

Mas agora acabou. O tempo de uma madrugada, é só de que preciso. É minha vingança contra aqueles que me ignoraram a pena, que me fizeram morrer aos poucos, em silêncio, todos esses anos. Agora, eles saberão do que sou capaz.

Camus também sofreu, foi por vezes ignorado, por vezes maldito. Mas nunca se rendeu, jamais rompeu o pacto feito consigo mesmo um dia, quando, ao estalo da bofetada do professor, sentiu na boca o gosto de sangue e entendeu que a única vingança possível seria não chorar. Engoliu o sangue em silêncio.

Sangue e ódio, a vida inteira. De alguma forma, eu sempre soube, já esperava, que o líquido escuro do rancor se fosse aos poucos transformando e solidificando, até resultar no tumor. Esse monstro que aqui está, no meu peito, é um velho conhecido. Penso nele com ternura, quase com devoção. Ele é meu amigo. É o elemento a me infundir coragem, se ela me faltasse. O sentimento que dele se espraia, como se espraiam as células enlouquecidas, é um sentimento cálido. Há uma verdade agradecida em minha relação com ele. Passei a vida toda à sua espera.

Há alguns meses, a decisão está tomada. A frieza da crítica diante do meu último romance — em alguns casos o silêncio, que foi ainda pior — pingou dentro de mim, chumbo derretido. Eu fingia, e sorria, mas por dentro a pasta escura se movimentava, alargando-se, um grande lago de areia movediça que me foi puxando as entranhas, a carne e, por fim, a alma. Dez anos de dedicação e era aquela a resposta? Foi quando decidi morrer.

Mas morrer não bastava.

Queria, antes, escrever o livro último, o livro da hora da morte, tecer as diferentes teias, os contos terminais, as histórias dos companheiros de pena, Camus, Plath, Bierce — quantos mais? O livro cujo acabamento final será meu próprio cadáver. O que não dirão os filhos da puta? Quem será capaz de me superar depois disso? Quem teria — repito — coragem de pôr sobre a folha final o próprio corpo morto, este, sim, o último conto, o fecho insuperável? Será minha posteridade inconteste, a verdadeira vida eterna. Depois disso, nenhum outro escritor, nenhum daqueles medíocres miseráveis, será maior do que eu.

Meus dedos suam, não me lembro de jamais ter suado nos dedos. Talvez seja o princípio do fim. Mas as mãos rebeladas não se importam. Enxugo a palma na coxa e levanto, mais uma vez. O LP continua rodando no toca-discos antigo, comprado no subsolo da loja na rua Barata Ribeiro. "Danúbio azul." Um velho amigo dizia que o som do disco de vinil é diferente do som do CD, que nele se ouvem as imperfeições, os chiados, os estalos, que é por isso mais humano, mais real.

Meu ouvido não é acurado o suficiente para perceber essas nuances. Comprei o disco e a vitrola porque queria os objetos, queria ouvir o que a velha ouviria se pudesse escolher. Não sei se acertei. Talvez ela tivesse preferido ouvir a música de um disco de 78 rotações, pesado e quebrável, guardado dentro de uma capa cor de papel sujo, sem nada escrito. Mas esse eu não consegui. O mais próximo do que eu procurava foi o LP.

Depois de erguer o braço da vitrola, torno a pousar na primeira ranhura, para que a música recomece. Mais uma vez, sentado diante do computador, releio o conto-filme. Os primeiros acordes, alongados, de uma delicadeza triste, tocam o casal. Velha e jovem dão os primeiros passos, miúdos, ainda quase arrastados, pisando os diferentes matizes da rosa-dos-ventos, mas ainda se mantendo dentro de seus raios. Há aqui um descompasso entre melodia e escrita, mas há também momentos de harmonia perfeita, é quase como ler sons, dançar palavras.

Acho que cheguei perto. Preciso ir em frente, continuar, deixar correr as histórias últimas, atrás do tempo. Posso vê-los desde já, com sua empáfia, os termos pomposos, as notas de pé de página, procurando estabelecer parâmetros para as vozes. Talvez alguns ousem dizer que as histórias teriam sido mais bem assimiladas se narradas linearmente, mas não, aposto que não, eles gostam disso, gostam de descontinuidades. Idiotas!

Não percebem o tamanho da ferida que sangra por trás das escritas mais simples, as histórias que borbulham nas entrelinhas de um mero conto infantil? O que querem? A aridez de Lawrence, a obsessão detalhista de Proust, a monomania de Melville, a psicopatia linguística de Joyce? Tenho um pedaço de tudo isso dentro de mim, se ao menos me tivesse sido dada a chance... Mas isso não importa mais.

Fico de pé, o ar me falta. Tento encher os pulmões, em grandes haustos, as mãos na cintura. Preciso me concentrar, estar só com as teclas, os dedos, mais nada. Respirar.

Apenas três passos, a janela, pronto, é a vantagem de morar em um conjugado minúsculo. Respiração difícil. Tusso. Alguma coisa aqui, subindo. O coração parece bater fora de lugar. Medo, medo. Por quê?

É inútil fingir que ele não existe. Vem vindo. Caminha devagar, suas pegadas leves me surpreendem, mas ele vem, sempre. Por mais que eu tente repetir a mim mesmo que tenho o controle, ainda assim ele me arrepia a pele, manso, traiçoeiro. *O que era isso que tinha tamanho poder?*

Penso no nojo do menino no momento da degola. Sei o que ele sentiu, a mistura de fascínio e asco. Também passei por isso, há muitos anos. Mas não era uma ave só. Eram muitas.

A memória olfativa é a mais forte de todas, a mais perene. Se fecho os olhos com força, ainda posso ver a cena com exatidão, as paredes negras de fumo, o quartinho sem janelas, a luz das velas, muitas velas, os colares de contas no peito da mulher à minha frente, a linha dos seios surgindo no decote. Mas essa reconstituição requer esforço, uma certa dose de concentração. O mesmo ocorre com a memória tátil, o calor das chamas em torno parecendo me queimar a pele, a aspereza do chão de cimento nos joelhos, o suor. Tudo precisa ser reconstruído, pedaço por pedaço, retirado dos escaninhos, para que se forme aos poucos o quadro completo.

O cheiro, não. O cheiro existe inteiro, pronto, o tempo todo, pela vida afora. Ficou gravado na pelugem interna do nariz, em seus pequenos sensores — para sempre.

Eram muitas. As aves estavam todas ali ao redor, em seus alguidares, as penas brancas empapadas de sangue, os olhos vítreos, as garras amarelas viradas para o ar, enrijecidas como se ainda tentassem se prender a alguma coisa, e se salvar. Não sei se eram galinhas, talvez fossem galos. Galos brancos, com a crista cor de sangue.

Com o joelho fincado no chão, a garganta fechada, eu esperava. Não tinha saída, não podia escapar. Todos os anos eu estava lá. Tive o azar de nascer no dia 13 de junho, dia de santo Antônio. Era época de festa para todo mundo, brancos e pretos, o começo da temporada junina. Mas na Bahia para nós, pretos e mulatos, era dia de matança de Exu.

Todos os anos era a mesma coisa. E, como eu fazia aniversário, minha mãe me obrigava a ajudar a mãe de santo, dona Pequenina, no ritual que se desenrolava dentro do quartinho. Eu só precisava ficar diante dela, segurando as garras amarelas, tentando conter os estertores, enquanto ela enfiava a faca e ao mesmo tempo torcia a cabeça das aves. Depois, elas iam sendo colocadas em alguidares de barro, que de tempos em tempos as filhas de santo entravam no quartinho para pegar.

E eu ainda tinha sorte de não participar das mortes mais pesadas, de bodes e outros animais, rituais que eram proibidos aos mais novos. Eu era uma das poucas crianças admitidas no terreiro em dia de matança. Minha mãe dizia que era um privilégio, porque eu nascera no dia de Exu. E, ainda por cima, no ano do meu nascimento o 13 de junho tinha caído em uma segunda-feira, dia já normalmente consagrado ao orixá.

Frequentávamos sempre o terreiro nação de dona Pequenina, todo sábado, se não me engano. Eu tinha muito medo. Não só no dia de matança, mas sempre, o ano todo. Quando chegávamos ao terreiro, eu, de mãos dadas com minha mãe, espiava com o canto do olho a pequena casa junto ao portão, à esquerda, onde ficavam as oferendas durante o resto do ano. Procurava não olhar muito, tinha a impressão de que, daquele vão pequeno, saltaria a qualquer momento um homenzinho de dois palmos de altura, negro e cruel, rindo muito, que se agarraria às minhas pernas e me arranharia a pele.

Nesses dias comuns, havia crianças, muitas crianças. Não só as eleitas, como eu, mas todas. E todas tinham medo. Mas duvido que sentissem aquele aperto na garganta que eu sentia, a boca seca, o peso no peito. Era um pavor profundo, que me acompanharia por muito tempo ainda, fazendo com que eu acordasse aos gritos no meio da noite, sufocando, com medo de morrer. *Como se fosse ele próprio o condenado, aguardando a hora da execução.* Eu não — não vou esperar. A hora é minha, há de ser, não vou deixar que ela me surpreenda. É por isso que estou há tantos dias sem dormir. O sono é perigoso, preciso evitá-lo a qualquer custo. Não posso perder o controle. Ela não será maior do que eu, já disse. A morte não vai conseguir me surpreender.

Abre um fio d'água, estilete de prata ligando a torneira ao ralo — e, um a um, começa a afogar os fantasmas.

Eles chegavam à noitinha, antes que o céu se fechasse sobre nossa casa de subúrbio. Itabuna era naquele tempo um roçado, pelo menos minha mãe falava assim, com raiva. Ela detestava tudo. Hoje, olhando as fotografias da cidade naquela época, o que vejo são ruas pavimentadas, sobrados bem cuidados e a igreja na pracinha, nada parecido com a casa em que vivíamos, muito além de Conceição e do Pontalzinho, para lá do rio Cachoeira, quando a ponte dos Velhacos talvez ainda nem existisse. Nada parecido com minha recordação. Meu mundo era feito de charco, lama, uma pasta escura como o rancor, que agora rói meu peito.

Foi nessa casa pobre, em cujo batente eu estava sentado, que os fantasmas surgiram pela primeira vez.

A tarde caía. Com os pés no chão, nu da cintura para cima, eu mexia uma lata com restos de goma de arroz que ia usar para consertar uma pipa. Devia ter uns sete, oito anos. De repente, senti a sombra passando atrás de mim, cruzando a cozinha, e já ia falar alguma coisa, certo de que era minha mãe, quando meu olhar focalizou a figura dela, dez metros à direita, estendendo roupa no quintal. Virei então para trás e vi a cozinha vazia.

Não tive medo. Ao contrário, fui envolvido por uma sensação forte e boa, como se penetrasse um mundo novo, longe da miséria a que estava acostumado.

Poucos dias depois, tornou a acontecer. Dessa vez, eu estava preparado. De pé — não sentado — no batente da porta, eu já quase esperava a sombra. Quando veio a sensação, tive agilidade para me virar depressa, bem depressa. Mas aí veio a surpresa. A cozinha estava vazia mesmo, sombra alguma. Em compensação, assim que me vi de costas para o quintal, alguma coisa me tocou por trás, um sopro frio que me acariciou a nuca. Alguma coisa que estava *do lado de fora*.

Foi como uma traição, um desafio. Mas eu sorri. Já me sentia, menino que era, amigo das sombras. Intuía que elas me dariam as mãos e me levariam para longe daquele lugar imundo.

Depois que vi os primeiros fantasmas, passei a falar cada vez menos. Tinha medo de minha mãe. Ela não gostava de mim e eu sempre soube disso. Não entendia por quê, e só fui descobrir muitos anos mais tarde, quando já tinha ido embora, quando tudo aconteceu, o desfecho, a tragédia.

Fugi de casa quando tinha quinze anos e minha mãe nunca me encontrou. Poderia ter encontrado se quisesse, Itabuna era pequena. Mas ela não quis. Melhor assim. Os primeiros dias que passei sozinho são hoje um vão, não tenho deles a mínima lembrança. Minha saída de casa, madrugada como agora, é só um segundo na memória, uma chispa, mais nada. Uma sensação de poder, nem medo, nem desamparo. Depois tudo se dissolve e a rematerialização só se dá quando eu já trabalhava em um jornal da cidade, fazendo entregas, pequenos serviços e, acima de tudo, prestando atenção no que os outros faziam. Jornalistas, repórteres, redatores. Tudo o que sei sobre a língua e a linguagem aprendi com eles, nos dois anos que passei trabalhando dentro daquele jornal, experimentando os dedos nas velhas máquinas de escrever, presas ao tampo das mesas de fórmica cinzenta.

Sei bem o que senti na primeira vez em que me vi sentado diante de uma daquelas máquinas, os dedos pousados sobre o teclado, sentindo o cheiro da tinta que se desprendia da pequena caverna onde braços de metal se moviam a um simples toque, como tentáculos. *O verniz das réguas, a tinta roxa dos tinteiros, matéria primeva.* Tenho a impressão de que, como na história de Wells sobre a máquina do tempo, fiquei aqui, no mesmo lugar, na mesma posição, desde então, enquanto a vida passava pelos lados, por trás, pela frente, a toda velocidade. *As mãos, sempre as mãos.* As teclas foram se transformando sob meus dedos, mas na essência continuaram as mesmas. Estas que aqui estão, imundas, cheias de ciscos nas ranhuras, as superfícies impregnadas de nicotina e gordura, não são muito diferentes daquelas primeiras, escuras, com aro de metal, mais duras de pressionar. Hoje, os dedos se amoldam com perfeição aos pequenos quadrados, dois lados retos, dois arredondados, pousados sobre uma espuma que os faz afundar à mínima pressão. Mas o sentimento é o mesmo. Estou atado a elas, essas teclas foram e serão, até o último instante, âncora e refúgio — mas também minha condenação.

Minha irmã morreu quando eu era ainda muito pequeno, com quatro ou cinco anos. Ela própria devia ser pouco mais que uma menina quando tudo aconteceu. Mas a imagem que guardo em mim é a de uma mulher, linda, morena, de cabelos encaracolados que lhe caíam pelos ombros. Uma lembrança nítida, ainda que fragmentada. São pequenos fotogramas soltos, sem conexão entre si, como se um velho rolo de filme fosse encontrado semidestruído, na lata enferrujada, mas do qual alguns trechos, aqui e ali, tivessem sido por milagre preservados.

Até hoje, quando fecho os olhos, seu rosto me vem, sério ou sorrindo, em várias poses, às vezes com os lábios entreabertos como quem quer dizer alguma coisa, mas nunca diz. É sempre silêncio nessa lembrança. E um silêncio sem nome.

Às vezes eu me perguntava se a lembrança de minha irmã era real, se eu a guardava em mim por pura teimosia, para ferir a regra que se impôs lá em casa. Nunca o nome de minha irmã podia ser pronunciado, minha mãe não deixava. Nem sua existência ou sua sombra ou sua morte. Nada. Como eu podia saber, então? Como podia guardar aqueles fragmentos, se tudo acontecera quando eu era ainda tão pequeno? *Não, não é verdade, nada disso é verdade. O menino não viu nada, não poderia ter visto. Ele só imaginava, era tudo.*

Um dia, já homem feito, morando no Rio, foi parar em minhas mãos o livro de um cronista. Observei a capa, suas cores, mas o título não me dizia nada. Um livro sem nome, como sem nome era a memória de minha irmã. A capa trazia a imagem estilizada do rosto de um homem, de óculos, com um cigarro na boca. Era um desenho de cores fortes, com vermelhos, lilases e azuis. Por algum motivo, o livro me atraiu. Abri. Folheei as primeiras páginas e logo constatei, espantado, que estava lendo um pedaço da minha vida.

Minha irmã me levou até a bica aonde íamos sempre apanhar água, em um barranco, muito além do quintal. O dia estava azul, o sol ardia. Eu estava distraído, em pé, ao lado do latão. Prestava atenção no calor e no frio, no contraste de umidade e secura que traziam aquele sol na nuca e os pés afundados na pasta mole, gostosa, da lama do chão. Minha irmã abriu a bica e aper-

tou a boca da torneira. A água esguichou como um leque. E ela disse:

— Olha o arco-íris.

Eu olhei e vi. Eram azuis, vermelhos, verdes, rosas, roxos, amarelos, um arco-íris em miniatura, que perdurava, suspenso, indiferente ao negror que nos cercava, à lama, à fome, aos vermes. À minha mãe e seu ódio, que já palpitava. E foi quando entendi que, mesmo na mais completa miséria, o mundo pode conter beleza.

Acabei de ler o trecho e fechei o livro de capa colorida, tentando disfarçar meu desconcerto. Como era possível? Como podia encontrar ali, naquelas páginas, uma cena que me pertencia, um fragmento perfeito, intocado?

As mãos, sempre as mãos.
É delas que me lembro, foi como começou. No instante exato, quando aconteceu, minhas mãos seguravam, uma de cada lado, as bordas do jornal. Assim como acontecera anos antes, com o livro de capa colorida.

Eu passava os olhos pelas páginas da editoria nacional quando li a notícia. Era uma nota pequena, em apenas uma coluna, uma tragédia familiar acontecida em uma zona pobre de Itabuna, na Bahia — que importância pode ter uma coisa assim? O homem tinha voltado, dizia a nota. O marido. Depois de décadas desaparecido. A mulher o aceitara de volta, os vizinhos se surpreenderam, porque ela era uma velha agressiva, não demonstrava compaixão por nada. Mas recebeu o ex-marido, também já muito velho e doente, e começou a cuidar dele. Até que um dia, de manhã, ouviram os gritos.

* * *

Na sala pobre, de chão de cimento, todo esburacado, há apenas uma cadeira de assento de palhinha, todo furado, um caixote com a televisão enorme e um sofá, onde o velho está deitado. O som que sai da TV é distorcido, de tão alto. Mas mesmo assim o velho parece estar cochilando, a cabeça apoiada na colcha que ele transformou em um rolo, servindo de almofada. Está vestido apenas com um short de náilon, muito surrado. A barba grisalha tem fios tão compridos que quase lhe encobre as mãos, cheias de sulcos e protuberâncias, que estão entrelaçadas na altura do peito. Pode ser que esteja sonhando. Talvez pense em dias melhores, mais livres, que viveu quando esteve longe de casa, da mulher que sempre o tiranizou, sempre, sempre.

Gostava de uma cachacinha, é verdade. Sempre detestou trabalhar. Mas ela não tinha o direito de tratá-lo assim, nenhuma mulher tem o direito de tratar um homem daquela maneira. Ela batia nele. Nele e no menino. Batia na moça, também, mas isso foi antes. Foi antes. Bem feito que o menino também foi embora. Fugiu, parece que foi para o Rio de Janeiro. Quem aguenta uma mulher dessas? Mas uma coisa ele tem de admitir: ela o recebeu de volta. Teve pena, quando soube que ele estava acabado, com aquela tremedeira nas mãos que não o deixava nem pegar direito no copo. Do menino, já não se tem notícia. Dizem que virou doutor, mas ele não acredita. Era um pestinha de nada, mirrado, a barriga grande, uns olhos sem tamanho, que pareciam a ponto de engolir o resto do rosto, ou talvez o menino inteiro.

De repente, um barulho vindo dos lados do banheiro interrompe os pensamentos do velho. Mas ele continua de olhos fechados, melhor fingir que está dormindo. E aí tudo acontece muito rápido. As tábuas da porta explodem contra a parede de estuque, fazendo cair pedaços de reboco. É um estrondo, mas talvez tenha sido encoberto pelo som altíssimo da televisão, porque depois a vizinha diria que não ouviu nada. O velho demora a entender, tem os olhos turvos, talvez esteja bêbado. As pálpebras mal se descolaram quando, um segundo depois, um segundo apenas, após o estrondo da porta contra a parede, o vulto sai do banheiro e corre na direção do sofá. Só então há no velho um princípio de entendimento, quando ela cai sobre ele — mas aí já é tarde.

Os olhos do velho, de veios vermelhos, se abrem como talvez nunca antes, de puro terror. Antes que compreenda o que está acontecendo, ele sente a dor inominável, a dor, sim, a dor e não o calor. O calor só penetra em sua consciência depois, outro segundo a mais, quando em meio às labaredas ele vê os dois olhos da velha e sua boca escancarada.

O segundo seguinte à visão daquela boca foi o pior segundo que um ser humano pode conhecer. De alguma forma, o velho conseguiu ficar de pé, equilibrar-se, e lutar com ela, ou por ela, talvez, para salvá-la, quem sabe? Não há como ter certeza. Ele sabe apenas que os dois se transformaram em um só corpo em chamas e a única lembrança concreta daí em diante foi a dor, a dor que lhe penetrava os ossos das mãos e subia pelos braços. E aquilo que ele nunca mais conseguiria esquecer: o cheiro de carne queimando.

Minhas mãos tremiam, segurando as bordas do jornal. A polícia trabalha com a hipótese de que tenha sido uma vingança. Que a mulher tenha ateado fogo ao próprio corpo e corrido para cima do marido. Os vizinhos estão divididos, afirma o delegado. Uns dizem que o velho correu gritando, mas que a mulher se manteve agarrada a ele, "como se quisesse levá-lo junto para o inferno" (palavras de uma vizinha), outros garantem que o homem tentava ajudar a mulher, tentava apagar o fogo, e por isso teve queimaduras tão terríveis. A velha morreu. O velho está internado em estado muito grave. As queimaduras foram tão profundas — em toda a parte frontal do torso e principalmente nos braços — que ele teve as duas mãos amputadas. A polícia está tentando encontrar a pista do filho do casal, desaparecido há muitos anos.

Eu sabia, sempre soube, que um dia a tragédia viria.
Havia ódio demais ali, represado. Um ódio muito antigo. Contra mim também, porque fisicamente eu me parecia com meu pai. Eu sabia que, de alguma forma, minha mãe se vingaria. Foi por isso que fugi. *Foi o temporal que me fez sair.*
Anos depois, muitos anos, talvez o velho sem mãos continuasse pensando naquela boca escancarada: será que era um sorriso? Será que — como disse a vizinha — ela queria levá-lo junto para o inferno? *O corpo morto ostenta um sorriso de triunfo.*

Naquele mesmo dia, depois que eu li a notícia no jornal, os fantasmas vieram. Na superfície, o dia transcorreu como qualquer um. Terminei de ler o jornal, dobrei-o com todo o cuidado, acertando as pontas, e me levantei como se não fosse comigo, como se nada tivesse acontecido. Tomei banho, bebi outro café, fui para a rua, trabalhei, fiz tudo o que as pessoas normais fazem, todos os dias, nos dias comuns. E foi só à noite, quando voltei para casa e me vi sozinho, só então — que aconteceu.
Desde a portaria, subindo o elevador, abrindo a porta do apartamento, veio a sensação de medo na boca no estômago, alguma coisa apertando, alguma coisa fria. Quando entrei na sala e fechei a porta da rua atrás de mim, senti o arrepio. Subindo pelas costas, percorrendo os braços, sem explicação. Encolhi os

ombros, rolei a cabeça para um lado, para o outro, tentei relaxar. Entrei no quarto, tirei a roupa, fui até a cozinha, abri uma cerveja. Decidi que ia pegar o colchonete e me deitar no chão da sala para ver TV. É uma das maneiras que sempre tive de relaxar, deitar no chão da sala e ficar assistindo a um filme qualquer, de preferência antigo.

Voltei ao quarto e apanhei o colchonete que guardava enrolado na parte de cima do guarda-roupa. Vim pelo corredor abraçado àquele rolo grande de espuma, preso por uma tira de pano que fazia nele uma cintura. Assim que pisei no corredor, ouvi os passos. E, no mesmo instante, alguma coisa passou por mim — eu senti o deslocamento de ar.

Alguém tinha vindo correndo e cruzado comigo, e só não pude ver quem era porque o colchonete que eu carregava me toldava a vista. Mas foi real, foi algo palpável. Nem por um momento duvidei que fosse mesmo uma pessoa. Arriei o colchonete no chão e olhei em torno, nem assustado nem surpreso, apenas curioso em saber quem poderia ter entrado na minha casa sem que eu soubesse como. Mas não havia ninguém. Eu estava sozinho.

E então o cheiro me invadiu, aquele cheiro horrível de carne queimada, que bateu em mim como um tapa na cara. *Uma bofetada.*

Alguns anos se tinham passado desde a notícia do jornal e eu nunca mais pensara no assunto, embora de alguma forma continuasse a sentir o cheiro trancado dentro de mim. Até que um dia, estava na redação e tinha acabado de arrumar os papéis e fechar as gavetas, quando o telefone tocou e alguém gritou que era para mim. Fui até a mesa comprida que ficava no fundo da sala, com quatro ou cinco aparelhos pretos, e atendi.

Era uma voz fraca, de velho. Perguntou se eu era eu, nome e sobrenome. Fiquei em silêncio. O velho repetiu a pergunta. Olhei para o fone, sem dizer palavra. Repus no gancho e saí. Minhas pernas tremiam quando desci as escadas. Eu nunca ouvira aquela voz ao telefone, mas sabia que era ele. O homem sem mãos.

Naquela mesma noite, entendi que precisava voltar a Itabuna.

Chovia fino quando peguei o ônibus. Era uma sexta-feira de manhã. Tinha férias acumuladas, não folgava nunca. Aleguei questões de família, que precisava resolver. Ninguém reclamou. Levava, na maleta, apenas duas mudas de roupa, não pretendia ficar mais que dois ou três dias. Não tinha ideia do que ia fazer quando chegasse lá. Talvez fosse procurar o homem, talvez não. Reclinei o assento e virei o rosto. O vidro estava sujo.

O ônibus se pôs em movimento. Fiquei feliz em ver que ninguém se sentara ao meu lado. Tirei o casaco e o coloquei, dobrado, sobre o assento vazio, como a garantir que este não seria ocupado no decorrer da viagem. Por cima do agasalho, os três livros que levava comigo. Um deles era o de capa colorida, que contava minha própria história, o livro que nunca havia tido coragem de ler até o fim — mas deste não vou falar agora.

Os outros dois eram livros-companheiros, que costumo reler de tempos em tempos, por sua estranheza e assombro. O primeiro era o "Relatório sobre os cegos", de Sabato, na verdade um extrato de *Sobre heróis e tumbas*, publicado em um volume independente. Certa vez li que Sabato detestava isso, a insistência das pessoas em encarar seu relato como um livro à parte. Talvez fosse uma edição clandestina, não sei, já não me lembrava onde a tinha comprado.

Mas do outro livro eu sabia o histórico: eu o encontrara em um sebo da rua São José e o que nele me chamara a atenção fora o subtítulo. Era um livro de contos, em inglês, da escritora americana Joyce Carol Oates, chamado *The Poisoned Kiss*, o beijo envenenado. Até aí nada demais. Mas no subtítulo, sim: *And Other Stories from the Portuguese*. E outras histórias... traduzidas do português? O que seria aquilo? Ao chegar em casa e abrir o volume, vi que, na página de rosto, Joyce Carol Oates dava a coautoria do livro a um tal Fernandes. Só isso, Fernandes, sem prenome. Espiei o índice. Eram contos. Comecei a ler o primeiro, um relato impressionante, em primeira pessoa, de uma santa no altar, aprisionada em seu corpo de pedra. Nossa Senhora da Boa Morte de Alferce. Fiquei estarrecido com a força da narrativa. E era diferente de tudo que eu já lera de Joyce Carol Oates. Intrigado, vi que havia um posfácio da autora e fui até lá, em busca de uma explicação sobre o subtítulo e a coautoria. No texto, Joyce Carol Oates dizia jamais ter estado em Portugal e confessava ter escrito aqueles contos sob a influência de um português — que não sabia se existia ou existira — ao qual dera o nome de Fernandes. Foi, dizia ela, uma possessão. Real ou imaginária, mas ainda uma possessão.

E foi assim que, naquele ônibus, a caminho do homem sem mãos, tendo por companheiros de viagem meu casaco e três volumes inquietantes, eu adormeci.

Desperto, mas ainda de olhos fechados, ouço os rumores. São passos, um caminhar leve, furtivo, de alguém que não quer ser descoberto. Apuro os ouvidos, a garganta seca, uma pressão no peito. Tenho a certeza instantânea de que algo está errado, de que estou no limiar de um abismo. Espero, trancando os olhos com mais força, meu corpo de menino todo trêmulo. A poucos metros de mim, no outro colchão, está minha irmã. Por trás dos passos, ouço sua respiração leve, compassada, um fio de ar morno que parece encher de calidez o quarto miserável. Dali vem o alento, a única sensação de segurança. É do ritmo dessa respiração que deriva, sempre, o silêncio das noites, sua calma. Preciso dele para adormecer sem cuidado. Mas de repente tudo se altera. Tento fechar os ouvidos, como fechados estão os olhos, mas não posso, não posso. *Os passos foram chegando, chegando, ela quieta. Talvez sonhasse.* O respirar se transforma, a atmosfera de calmaria se desfaz, há um ruído abafado, o grito morto na garganta, a mão de homem tapando a boca tão delicada, e como em um jogo de espelhos a respiração se torna um duo e vai crescendo, crescendo, tomando tudo, trincando as paredes do barraco, penetrando a madeira ressequida, rasgando os panos sujos, a carne suja.

Encho os pulmões, com susto. O ar está frio. Talvez eu tenha sonhado, o mesmo pesadelo outra vez. Talvez nunca tenha acontecido. Observo a noite lá fora, através do vidro sujo. Agora falta pouco.

É sempre assim, é só deixar, é fechar os olhos e permitir que eles se apresentem, os fantasmas — todos eles. Seus corpos insepultos, eternamente presos no tumulto do agora, no tormento da hora fatal, máxima. Estão atados a meu corpo, arrepiando-me a pele, pesando sobre os ombros.

Como para Joyce Carol Oates, para mim, também, escrever foi uma possessão, desde que começou. Nessa época, eu já estava trabalhando em jornal, no Rio. Trabalhava muito, ganhava pouco, mas era feliz, de uma felicidade inteira, repleta de si mesma, que se realimentava e me alimentava e me fazia ir em frente, sem pensar. Até que, aos poucos, a inquietação foi surgindo.

Veio primeiro como um punho fechado, encravado na boca

do estômago, e eu já não conseguia respirar direito. Tentava inspirar devagar, para encher os pulmões até o fim, mas sempre faltava alguma coisa, aquele punho fechado travava as portas, estreitava os canais. Eu contava até dez, recomeçava. Vivia prestando atenção à respiração, sempre tentando contar um pouco mais além e sem conseguir. Tinha a impressão de que, se me distraísse, a respiração não aconteceria, achava que o ar precisava de mim, da minha ajuda e do meu cuidado, para penetrar nos pulmões. Se eu me descuidasse, estaria morto.

Passei a dormir mal, acordar sobressaltado, sempre com a sensação de ter perdido o controle. E foi assim, em uma dessas madrugadas insones, que o jorro desceu. A mão pegou a caneta, pousou sobre o papel — e começou. Eu não sabia o que estava acontecendo, não imaginava, não entendia ainda que eram eles, os fantasmas, se materializando através das palavras.

— E por que você não mostra para ninguém?
— Não sei. Acho que tenho medo.
— Mas, se você não mostrar, não vai conseguir publicar nunca. É aquela velha história da loteria: se não jogar, não ganha.
— É, eu sei, mas... se eu for mesmo bom, alguém vai me descobrir.
— Descobrir como, se os escritos ficam enfiados na gaveta?
— Não importa.
— Importa sim! Faz o seguinte: passa para mim. Eu leio e, se gostar, arranjo um editor. Tem coragem?
— Não sei.
— Tem ou não tem?
— Tenho.
— Falando sério? Depois não vai dizer que desistiu, que...
— Não, eu tenho sim, tenho. Vou mostrar para você.

— ...
— Vou, porque é agora ou nunca. Vou falar a verdade: eu cheguei ao meu limite.
— Como assim?
— Se eu não conseguir publicar o que escrevo, sabe o que eu vou fazer?
— Não.
— Vou me matar.
— Ah, não fode...!
— É verdade. Foi uma promessa que eu me fiz. Se não conseguir ser escritor, minha vida terá sido em vão. Melhor morrer. Uma vez, há muito tempo, eu quase me matei.
— ...
— Uma noite, eu estava sem conseguir dormir, escrevendo, escrevendo. Parecia que tinha alguma coisa me dominando. Aí, comecei a pensar: eu só nasci para fazer isso, mais nada. O resto é o resto. Então, pensei, se até hoje eu não consegui fazer com que os outros leiam o que escrevo, é melhor morrer. Já naquela época eu achava isso. Aí, peguei o canivete suíço que tinha guardado na gaveta da escrivaninha.

Caminho mais uma vez até a janela e observo os pequenos quadrados, as janelas dos apartamentos sórdidos que me cercam, quase todas apagadas. Os conjugados de Copacabana. Seus moradores estão dormindo, inconscientes nas camas acanhadas, tentando descansar um pouco para recomeçar, recomeçar, recomeçar. Preciso de mais um café, minhas pálpebras pesam, há sob elas uma substância pegajosa que me faz querer adormecer.

Torno a observar o objeto de metal sobre a cômoda, enquanto preparo mais um café na cozinha. Cozinha? Um balcão, um fogãozinho portátil de duas bocas, duas portas embaixo, onde ficam os poucos utensílios que tenho aqui comigo. Eis o que amealhei, depois de tantos anos debruçado sobre as palavras, batendo nas teclas, procurando a expressão justa, revisando, revendo.

Nunca me importei, sempre deixei que fosse assim, escrever, escrever, escrever em sua acepção mais pura, mas agora que a morte se aproxima vejo a verdade com agudeza. Não há mais meios-tons, rodeios. Vou morrer fracassado.

Qual é a anatomia do medo, como dissecá-lo? Não um medo qualquer, mas o medo maior, absoluto. Porque mesmo que haja céu, paraíso, reencarnações, reaglutinações de energia, consciência do núcleo do ser, o que for — que diferença faz? Mesmo que qualquer coisa persista, e que haja um sentido para esse conto absurdo que é a vida e a morte, mesmo assim, acima de tudo, ele está lá, batendo, latejando: o Medo. O medo do aniquilamento.

Estou diante dele agora. Só nós dois, face a face como se a ponto de duelar, aqui neste conjugado de merda, cheio de poeira, quase cheirando a morte, já. O medo e eu.

Eu também estou morrendo.

Os cheiros estão comigo aqui, e estarão sempre, repito, até o último instante, na memória dos sensores nasais, filamentos invisíveis que trazemos em nós, que brotam das cartilagens, da carne. Nunca vou esquecer a cena da matança, as aves com suas garras retorcidas, nunca vou esquecer a tragédia a que não assisti, com suas labaredas, seus gritos e horrores. Nunca vou esquecer a irmã.

A anatomia do medo, a anatomia do ódio, o ódio que eu, criança, via nos olhos de minha mãe. Ela não se conformava de ter sido abandonada e juntou dentro de si, lá no fundo, as gotículas de rancor, que se foram sedimentando como os pingos de um castelo de areia, que descem líquidos da ponta dos dedos e assim que tocam a superfície se transformam em pedra. O mesmo rancor que eu mesmo juntei em mim, o ódio aos medíocres que me massacram. Talvez eu devesse ter acabado com tudo naquele dia, quando peguei o canivete suíço na escrivaninha.

Eu estava com menos de trinta anos e tinha começado a escrever movido pela força que me roía madrugada adentro. Mas não sabia o que fazer com aqueles fantasmas, muito mais assustadores do que os espectros que me apareceram desde os tempos de criança, na casa de Itabuna.

Os fantasmas que exigiam ser escritos, que me pediam voz, eram muito mais ferozes e, pior, incontroláveis. Eu escrevia, escrevia, como em transe mediúnico, e só de manhãzinha conseguia adormecer. Depois, ia para o jornal trabalhar, destroçado. Os mais velhos me olhavam e, ao ver minhas olheiras, riam um sorriso cúmplice, achando que eu estava me acabando na farra, com as mulheres. Eu calava.

Escrever era um segredo, eu não tinha coragem de contar a ninguém o que estava acontecendo. Era um vício, uma tara, qualquer coisa de maldito, proibido. Eu tinha medo de enlouquecer.

Às vezes, quando estava sentado diante da máquina de escrever, batendo uma matéria do jornal, sentia um arrepio, a garganta se fechando. E aí começava, era um deles me soprando qualquer coisa ao ouvindo, querendo se manifestar. Eu fechava os olhos, respirava, tentava me conter. Cheguei a rasgar duas, três, quatro folhas de papel, porque as palavras se embaralhavam. Eram eles, os fantasmas da escrita. Eles queriam me controlar.

No dia em que pensei em me matar com o canivete suíço, chovia muito. Meus olhos se fixaram nas gotas escorrendo pela vidraça naquele instante, enquanto eu abria a gaveta da escrivaninha. Queria me vingar, deixar para trás uma morte sem respostas — o plano exato, o eterno ponto de interrogação.

Nenhuma pista, nenhum sinal. *A mulher perfeita.* O silêncio é a mais inquietante das mensagens. É assim que vai ser, eu pensava. Tomei posição diante da mesa, as duas mãos pousadas sobre os joelhos. Nenhum bilhete, nada, nada. Meus últimos escritos seriam banais, fortuitos, e por causa disso todos passariam anos se perguntando: por que ele fez isso? Era o plano exato. Não pode haver perfeição maior do que o silêncio eterno.

Mas, por algum motivo, a chuva me chamou. Fiquei por muito tempo olhando para aquela vidraça, os pingos escorrendo. Muito tempo. E afinal decidi que não me mataria ali, sozinho. *Um ato estupendo, como este mar.* Seria na rua. Levantei, enfiei o canivete no bolso e saí.

Enquanto caminhava, sentia os pingos escorrendo na nuca. Fazia frio, era julho, talvez. Caminhei às cegas, virando esquinas, atravessando ruas e praças desertas. A certa altura, quando passava pela porta de um bar, vi uma mulher me olhando. Era uma puta, hoje sei. Naquela época eu não tinha certeza, era um tolo. Mas ela me olhou e sorriu, fazendo sinal para que eu entrasse. Assim como a chuva, a puta me chamava. E eu fui.

Não me lembro sobre o que conversamos. Eu estava ali com um único propósito. Queria uma morte espalhafatosa, de grande beleza plástica. E de repente me ocorrera que o bar era o lugar ideal para isso. Aceitei a bebida que a mulher ofereceu. Sorri quando ela passou a mão pelos meus cabelos, comentando que eu não devia me molhar daquele jeito, que poderia me resfriar. Toda puta é um pouco mãe. *A mãe.*

Enquanto sorria para ela, e conversava, minha mão direita escorregou da coxa para o bolso. Tirei o canivete, senti sua superfície lisa, fria, revirei-o entre os dedos, reconhecendo as formas, as pequenas saliências, as costas das lâminas. A mola. Apertei. Com a barulheira do bar, o ruído da lâmina saltando foi abafado. Minha mão direita empunhou o cabo com firmeza, o pulso esquerdo se voltou para cima, pousado sobre o joelho, rendido. Espiei aquela pele branca, fina, se oferecendo. Hora do ritual.

A puta riu no instante exato. O canivete já tomara posição sobre a pele, sob a mesa. Uma dor fina na boca do estômago, o suor na fronte. A superfície lisa do canivete vermelho parecendo a ponto de se liquefazer. Vai escapar, vai cair no chão, todos vão ver. A puta continuava rindo. Trinquei os dentes. Comecei a sentir subindo de dentro de mim uma raiva, olhos com rajas vermelhas, as córneas estriadas. E a mulher com a boca escancarada, rindo de mim. Talvez eu devesse matá-la, aquela mulher que roubava minha morte com sua gargalhada estúpida, eu saltaria sobre a mesa, com o canivete aberto, e cairia sobre ela, retalhando-lhe o rosto. Sangue, muito sangue. Olhei para baixo. Vi o pulso esquerdo, branco, se oferecendo ainda. Mas já sem a nitidez de antes, o momento se esvaía. Meus olhos estavam turvos.

Fechei as pálpebras com toda a força, as vozes em torno pareciam diminuir de volume. E, num segundo, minhas narinas foram invadidas por um perfume adocicado, forte como amônia. Arregalei os olhos, não enxergava nada, meu rosto estava emaranhado em cabelos negros, oleosos, que quase me sufocavam com suas essências vagabundas. A puta me abraçava. E sua voz pastosa me sussurrou ao ouvido:

— Você podia ter se machucado, meu menino.

— Uma gargalhada. Foi o que salvou você.
— Talvez não.
— Ou então foi o perfume vagabundo que fez você desmaiar...

— Eu não me salvei.

— ...

— Pode rir o quanto quiser, mas eu estou falando sério.

— ...

— Eu continuo enlouquecendo, eu continuo morrendo. O canivete é um detalhe.

— Para de sacanagem...

— Não é sacanagem. Se eu não conseguir virar escritor, um escritor de verdade, vou me matar. Pode escrever o que eu estou dizendo.

— O sucesso, assim como a morte, é aquilo que acontece com os outros. Não foi você que me falou isso um dia?

Mas ninguém respondeu.

Minha irmã desapareceu. Foi assim, de uma hora para outra. De repente existia, de repente não existia mais. Nunca soube o que aconteceu. A única vez em que perguntei por ela, tomei uma surra de cansanção, planta maldita que minha mãe recolhia no mato, no fundo do quintal, no mesmo caminho que ia dar na bica, na beleza e no arco-íris. Cansanção. Era como se mil lagartas-de-fogo me subissem por pernas e costas, fazendo doer e arder e coçar — me enlouquecendo. As lembranças são, ainda dessa vez, fragmentos, recortes. Um quarto escuro, um chão frio de cimento, eu chorando baixinho, contido. Não deixava que os soluços me sacudissem o corpo, precisava sufocá-los, pois qualquer movimento fazia com que os ferimentos na pele doessem mais. E o silêncio se impunha, pois minha mãe gritava lá de fora, ameaçava:

— Se você falar o nome dela outra vez, vai apanhar até morrer.

O solavanco do ônibus me assustou. Parada para um lanche, no máximo quinze minutos, avisa o motorista. Fico de pé, minhas pernas dormem. Tento acordá-las dando sapatadas no chão de metal. Pego o casaco, que estava dobrado sobre o banco. Olho os três livros. Por algum motivo, pego o de capa colorida, é um volume pequeno, e enfio no bolso. Seguro com força no alumínio frio ao descer os degraus.

Entro na noite como um condenado. Faz frio. Dentro e fora de mim, faz frio. Uma beira de estrada, à noite, é sempre um território inóspito, mas sei que a frialdade que me sobe à boca vem de outra dimensão. Enquanto me encaminho para o restaurante, ouvindo os ecos dos meus passos sobre o chão de brita, apalpo o bolso onde enfiei o livro de capa colorida. Talvez tenha chegado a hora.

O restaurante tem um balcão comprido, com tamboretes pretos. As pessoas se espalham, o lugar parece muito maior do que o número de passageiros. Escolho um canto e peço um café. Não tem ninguém por perto. Enquanto espero, tiro do bolso do casaco o livro de capa colorida, com o desenho, em vermelho, azul e lilás, do homem de óculos com o cigarro na boca. Fico olhando para ele. Depois daquele primeiro dia em que folheei o livro e encontrei a história do arco-íris, a minha história, nunca mais tivera coragem de abri-lo. Tinha medo. *Quando será que o monstro vai aparecer?*

Não sabia o que poderia encontrar ali, naquelas páginas escritas por outro homem, mas trazendo em sua polpa fragmentos meus. Tinha a impressão de que, se fosse adiante, o livro me faria uma revelação definitiva e aterradora.

Mas talvez devesse fazê-lo antes de encontrar o homem sem mãos.

Tomei coragem e comecei a ler.

Vejo, ainda, verei sempre, os três traços marcados em minha retina, três pequenas hastes, 111, seus mínimos sinais impressos no papel amarelado pelo tempo, no livro de capa colorida. Era ali, naquela página, já quase no final, que estava a revelação, feita ao acaso, anos depois, para o menino tornado homem, por um antigo colega do pai:

Mas é claro que conheci. Um companheirão. Inteligente que só ele. Era estimado por todos. Mas deu para beber, sabe, um porre federal atrás do outro, e foi caindo, caindo. Acabou violentando a filha mais velha, ela morreu, ele se matou.

Fechei o livro entre os dedos frios. Então era nele, não na mãe, que estava o malefício, o princípio de tudo, o cerne de negror do qual emanara todo ódio e todo sangue.

O monstro era o pai.

Quando acabei de vomitar, minha mão tremia, apoiada no azulejo do banheiro. Toda a atmosfera do cubículo era esverdeada, os azulejos, e minha mão também. A náusea era material, estava em tudo à minha volta. Eu era um imenso nojo do mundo, da vida, de todos. No fundo do vaso, a água escura como borra de café.

Limpei a boca com as costas da mão e me apoiei na porta de madeira. O suor escorria, fazia cócegas. Fiquei parado ali. Muito depois, ouvi o ruído do motor do ônibus partindo, seguindo viagem para Itabuna — sem mim. E só então destranquei a porta.

Pode haver vingança maior?

Eles vão saber. Nada se compara a um corpo sangrando atirado sobre os manuscritos, o ponto final, definitivo. Por que será que ele fez assim, por que tantos fragmentos? — hão de perguntar. Eu rio. Um romance-rio, um *roman-fleuve*? Rio no correr caudaloso, não na extensão. E daí? Chamo como quiser. Que me importam as regras, os cânones, os jargões, os escaninhos em que eles colocam uns aos outros, na tentativa estúpida de ter o controle? Quero que se afoguem na corrente, quero-os mortos, a todos. Gostaria de poder levar seus corpos comigo, torrente abaixo, pelo longo trecho em que as águas se atropelam sobre as pedras, em turbilhão.

Vou embaralhar ainda mais. Preparem-se. O pior das corredeiras vai começar.

Estico as pernas. Vou acender mais um cigarro antes de voltar aos escritos. Respiro fundo. A correnteza estava forte, o rio parecera encorpar-se enquanto ele estivera no fundo, agonizando. Movimentava uma das mãos, tentando se manter à tona, e com a outra procurava a todo custo afrouxar a corda. Respirar ainda era muito difícil. Os pulmões tentam se expandir, mas alguma coisa neles está pegajosa, sua matéria resiste, os alvéolos feitos de borracha. Seus pulmões são como cavernas escuras, nas quais a poeira se vai sedimentando com os anos. Começo a tossir. E, junto com a tosse e a dor fina, junto com o aperto no plexo solar, lá está ele, latejando — o medo. O ódio e o medo andam juntos.

Caminho até a janela, cada vez mais distante. Busco o ar da noite, que entra aos arrancos, também viciado, cansado, como tudo o mais. E então penso neles, em cada um deles, meus companheiros, meus fantasmas. Sinto medo, sinto pena, penso em cada um enfrentando a sua hora absoluta, o verdadeiro clímax de cada existência — a consciência da morte. *O homem e sua hora*, Faustino sabia bem.

Todos eles estiveram face a face com ela, até Camus. Foi só um segundo, mas não importa. Quem pode dizer quantos anos-luz duraram aqueles instantes finais? Como Bierce escreveu um dia, talvez os segundos que antecedem a morte pertençam a um tempo atemporal, e a consciência alterada pela excitação última nos atire em outra dimensão, outra forma de percepção da realidade. Talvez.

Vou saber, em breve. É com ele, com esse pequeno objeto de metal, que...

Estranho. Pensei que estivesse em cima da cômoda. Jurava que...

Estranho.

A luminosidade era muito, muito tênue, mas os olhos do rapaz se acostumavam à penumbra. Viu primeiro as mínimas cintilações. Nunca tinha pensado nisto: assim como as sombras podem ter cor, os objetos muito brilhantes às vezes cintilam no escuro. E lá estavam elas, as pequenas esferas, uma atrás da outra, aos pares, como se tivessem luz própria. A tremulina criada pelo alvorecer espelhado nas águas do rio era hipnótica. Brilhava mais e mais, à medida que o sol se erguia no horizonte. Talvez já passasse de sete da manhã. É uma hora boa para morrer, pensou o homem que ia ser enforcado, tentado a soltar uma gargalhada, e contendo-se a custo. Antes, antes que a madrugada acabe.

Estava feliz, com um sentimento novo de liberdade. Era como se desafiar a morte o tornasse mais forte, mais poderoso — mais vivo do que nunca. Parece um sonho, pensou. Talvez tivesse entrado na loja, sentado no banquinho para folhear os livros, e adormecido. Sentia um estranho formigamento nas pernas, como se, a cada passo, elas tivessem mais dificuldade em se desgrudar do chão. Imaginou que seus olhos agora estavam enormes, os globos oculares saltados como os de uma gigantesca mosca, todo seu corpo coberto por uma pele furta-cor, negra, azul e verde, cintilando ao sol. Como as contas de um colar.

Depois de um tempo que lhe pareceu imenso, deu em uma clareira, recoberta por uma névoa espessa, que parecia se agarrar à terra para não se dispersar. Corpos, corpos degolados. Nus e arrumados de forma simétrica em torno do tanque, dele irradiando como se fossem os raios de uma roda. Não pode amanhecer. Ainda não.

De repente, sentiu medo, um medo absurdo, desmedido, todo o pavor que não sentira antes agora concentrado sob sua pele, correndo nas veias com pequenos choques elétricos. Foi andando bem devagar, o silêncio agora crescia, zumbia em seus ouvidos. Sentia a cabeça congestionada, a glote obstruída. Os reflexos do sol oblíquo na água agitada provocavam uma miríade de cintilações, que pareciam girar à sua volta. E se não der tempo? E se eu morrer sem conseguir terminar?

A saliva desapareceu da minha boca, há um punho fechado na garganta. Mais que medo — pavor. Mas não posso fraquejar agora, não posso. Preciso me controlar. Falta tão pouco, as histórias correm, como a noite, e como ela chegam ao fim. Só preciso dispor de seus fragmentos, como de fragmentos foi feita a memória do ódio, a lembrança da morte e do horror.

Tenho de me concentrar neles, nos medíocres. Nas aves de rapina, que a vida inteira roçaram as asas uns dos outros, bicaram-se com carinho, com devoção, enquanto me ignoravam, pássaro solitário à beira do precipício, as asas arrepiadas pelo vento. Lanço meus olhos de águia para baixo, em direção ao nada, ao rio coberto de bruma. Fui expulso do ninho pelos outros filhotes, eles me odeiam — porque sabem que sou maior do que eles.

É neles que devo pensar, nos vermes, naqueles que rastejam, que se agrupam para salvar a própria reputação, ou a própria vida. Os pequenos, os verdadeiros insignificantes são eles. É a eles que vou devotar meus momentos finais, banhados em ódio. Sim, será o ódio, não o medo, o que me manterá vivo, ainda. O medo paralisa. O ódio, ao contrário, é ativo, movente. Com ele dentro de mim, estenderei a mão direita em direção à ponta da cômoda, com ele dentro de mim, agarrarei com toda força o revólver que está aqui...

Onde está o revólver?

Desapareceu.

Deveria estar em cima da cômoda, mas não está.

Será que estou enlouquecendo?

Talvez seja assim que acontece, talvez seja a aproximação da hora da morte que provoca uma alteração na percepção, um distanciamento, uma distorção, as cenas da vida inteira passando, os borrões de cor e forma, a velocidade vertiginosa, a luz — um rodamoinho. Um turbilhão. O cérebro, a explicação está no cérebro, em seus lóbulos cinzentos, matéria, matéria. Mais nada.

Mas e daí? Será por uma causa grandiosa. Eles vão ver do que sou capaz, esses filhos da puta que pensam que sabem escrever, entregues aos modismos, aos encontros literários, às panelinhas, esses puxa-sacos, esses merdas! Eles vão ter o que merecem. Farei como Ambrose Bierce, serei o dono último do meu destino, o guardião da minha própria morte. Mas farei ainda mais: minha morte será o ponto final do livro, a história terminal, já disse. Eles vão ver.

Ar, ainda preciso de ar. A dor no peito, a garganta fechada, o suor. Observo os objetos sobre a escrivaninha caótica. O computador velho, com seu olho gigante, como um ciclope. Os cinzeiros imundos, a xícara suja de café, a asa quebrada. O quadro na parede, o filhote de águia na ponta do precipício, rejeitado pelos outros, por todos. Os livros.

Nas prateleiras à frente, no chão, empilhados sobre a escrivaninha, por todos os cantos. Meus companheiros, os verdadeiros amigos. Bierce, Camus, Plath, tantos, tantos. Hawthorne, Dinesen, Machado, Eça. Sabato, Oates.

Stevenson.

Minha mão treme cada vez mais. Tento tirar de debaixo da

pilha à direita o pequeno volume de lombada cinza e branca. Foi assim, lendo, que sempre espantei o medo, desde menino, muito antes de sonhar em escrever. Abro na página, sei o que procuro. A história que trago no fundo da mente enquanto releio o horror do andarilho preso na loja de antiguidades. *Markheim*. É estranho ver como tudo se repete. Histórias dentro de histórias, dentro de histórias, dentro de histórias. Como nas ruínas circulares de Borges. Outro grande amigo, Borges. Uma pontada, uma inquietação. Preciso me concentrar, preciso. Aqui estão todos eles, a meu lado, em torno de mim. Talvez eu devesse morrer como o velho da história, soterrado por meus próprios livros, vivi por eles e para eles a vida inteira, escrever foi apenas uma extensão de ler.

Quantos volumes existem aqui dentro deste apartamento minúsculo? Três mil, cinco mil? Um dia, um amigo, dono de um sebo de livros, esteve aqui e disse que eram mais de cinco mil. Como posso ter conseguido juntar tantos livros em um espaço tão exíguo? E como pude, ao longo dos anos, encontrar cada um que procurava, em meio a tamanho caos? Como o velho, outra vez como o velho. Os livros estão por toda parte, nas estantes, no chão, debaixo da escrivaninha, na cozinha, no banheiro, na mesinha de cabeceira, soterrando o relógio, cujos números vermelhos me observam como olhos demoníacos por trás de um muro. Estou ficando confuso, preciso logo chegar ao fim, não posso deixar as páginas inconclusas, como Camus. Seria um crime. Depois de tudo que fiz e planejei — seria um crime.

A floresta parecia interminável. Durante todo o dia o homem que ia ser enforcado caminhou, guiando-se pelo sol. Não sabia que vivia em uma região de mata tão fechada. E havia nessa revelação qualquer coisa de sobrenatural. Seu pescoço doía e ao passar a mão nele viu que estava horrivelmente inchado. Sabia que tinha um círculo escuro no lugar onde a corda o ferira. Seus olhos estavam congestionados. Já não conseguia fechá-los. A língua inchara de tanta sede. O tempo escoava em um ritmo diverso do que conhecia. Talvez tivesse adormecido enquanto caminhava e agora sonhasse, pensou. Só podia ser isso. Só podia ser essa a explicação para o cenário que se descortinava à sua frente, abrindo-se de repente na ponta da trilha que cortava a floresta. Era sua casa. Mais do que a salvo, estava de volta.

Mas, antes que pudesse gritar de alegria, sentiu uma pancada na nuca. Uma luz branca, capaz de cegar, explodiu em torno dele com um som que se assemelhava ao tiro de um canhão — e depois tudo foi escuridão e silêncio.

O homem que estava para ser enforcado não respira mais. Está morto. Seu corpo, o pescoço quebrado, balança lentamente de um lado para outro por entre os dormentes da ponte. Abaixo dele, correm mansas as águas do rio, cor de barro. Acaba de amanhecer. Não, ainda não. Falta tão pouco.

Os três homens que assistem a tudo, na ponte, ficam quietos por um instante. Um deles tem o olhar fixo no cadáver. Mas o chefe dos bandoleiros solta uma gargalhada e se afasta, acompanhado do outro. O que ficou sozinho na ponte tira o chapéu e, depois de espiar por sobre o ombro para ter certeza de que não é observado, faz o sinal da cruz.

A contagem bizarra do tempo na hora da morte, a estranheza, a percepção aguda de tudo. Fechou o livro mais uma vez, o coração aos saltos. Começava a ficar cada vez mais abafado ali dentro da loja. Precisava se concentrar, ligar para alguém, pedir socorro. Está perdendo tempo.

Alguma coisa sobe pelo meu lado esquerdo, uma dormência, pequenas alfinetadas, parecidas talvez com o que sentiu a mulher apaixonada, a que fez amor na sala tendo em torno os fantasmas dos móveis. Onde foi que eu li isso? Acho que escrevi também essa história. As mortes, as quase mortes, as maldições, as dores, tudo começa a saltar das páginas e a tomar meu corpo, imiscuir-se sob minha pele como larvas, sanguessugas, a vingança das criaturas. Mas não vou me deixar abater, preciso terminar de revisar a última história. Terei voz ativa, serei o dono da minha morte, o senhor da minha hora, já disse. Mas o que seria aquela luz no fim do corredor?

Enquanto o rapaz está assim, observando o quadro com toda a atenção, surge em sua mente uma ideia absurda, um pensamento que o faz estremecer, algo sem sentido, mas que veio com força inexplicável, com a clareza de uma voz que lhe sussurrasse: desvendar aquele quadro é a chave para sua liberdade. Antes que amanheça. Caso contrário, nunca mais conseguirá sair dali.

Botar as coisas em ordem, arrumar os papéis, tomar as últimas providências. Procurar o revólver. Devo tê-lo guardado quando ouvi o barulho na porta. Mas... não tenho certeza se ouvi um barulho na porta. Talvez isso tenha acontecido em alguma história, não sei. Não faz mal. Vou deixar tudo como está e procurar a arma. É impossível que ela desapareça assim, dentro de um apartamento minúsculo como este.

Devia estar aqui, junto a esses papéis. Aqui onde... o que é isso?

É um jardim. O quadro na parede mostra um jardim. Cercado por bosques densos, mas ele próprio um jardim quase nu. Cortado por aleias de areia clara. Entre elas, extensões de gramado, uma grama bem aparada, perfeita. Talvez perfeita demais.

Faltam três horas. Três horas porque eu assim decidi, é como deve ser. Três horas, cento e oitenta minutos, para que você possa ler o que tenho a dizer de uma arrancada, no tempo que nos resta, a mim e a você, irmanados na vertigem de percorrer esse território — noturno, lunar, onírico — que é o cenário da morte.

Três horas, um pedaço de madrugada. Mas não será preciso mais do que isso. O pino do cronômetro foi pressionado, como arrancado seria o de uma granada — e não há volta. Fiz uma aposta e perdi, portanto está feito. Tudo será como deve ser, três horas, mais nada.

Fui eu mesmo que escrevi isso? Mas... quem está...?

Arqueologia. Não, não, isso não me pertence, não fui eu que... Ela não pode fazer isso, mexer nos meus textos! Ainda mais agora. Será que vou precisar repetir mil vezes? Não vou deixar que ninguém se imiscua na minha morte. Já basta tudo o que suportei em vida, o texto alheio, as traduções, o desprezo, a indiferença. Aqui não, aqui mando eu! Entre minhas mãos e a tela, entre minhas mãos e o papel, ninguém vai se intrometer. Entre minhas mãos e o revólver... mas onde está o revólver?

Na parte de baixo do quadro, sobre a moldura trabalhada, havia uma pequena placa de metal, estreita e comprida, na qual estava escrito: *O ano passado em Marienbad*. Então era isso. Era daí que vinha a sensação de reconhecimento. Mas não posso, não consigo ficar de pé. Preciso me apoiar, preciso dos meus livros, meus companheiros, preciso deles, Borges — por que ele, agora? É seu rosto que me surge nas retinas, o sorriso alvar dos cegos, é ele quem me sussurra alguma coisa.

O que é isso? *O que ele está dizendo?*

Tornou a se aproximar do quadro. As figuras tão pequenas, imóveis no jardim. Uma delas à frente das demais. É um homem, está só. Sentiu a garganta apertada. Era dele, daquele homem solitário, que emanava a sensação de reconhecimento. Era ele, também, que lhe transmitia uma inquietação. Não conseguia desgrudar os olhos da figura, não conseguia sair de junto do quadro, caminhar de novo até a sala principal da loja, bater na porta, pedir socorro. Sabia, em algum ponto de sua mente, que precisava fazer tudo isso, mas não fazia. Não, não vou ouvir, não quero. Continuava ali, os olhos fixos no quadro, no homem plantado no jardim. Eu sou o mestre aqui.

Sou?

Não consigo respirar, isso não pode acontecer, não agora, quando falta tão pouco, preciso pegar o revólver, é só um gesto, mais nada, mas não pode ser no coração, no coração é para aqueles que têm medo, para quem não tem certeza, comigo será diferente, será no céu da boca, como Hemingway, o tampo do crânio explodindo, os fragmentos do cérebro se colando ao teto, mas preciso fazer isso longe dos originais para que não... para que a mancha não se... para que não...

Numa alvorada sem pássaros, o mago viu cingir-se contra os muros o incêndio concêntrico. Por um instante, pensou refugiar-se nas águas, mas depois compreendeu que a morte vinha coroar sua velhice e absolvê-lo de seus trabalhos. Caminhou contra as línguas de fogo. Estas não morderam sua carne, estas o acariciaram e o inundaram sem calor e sem combustão. Com alívio, com humilhação, com terror, compreendeu que ele também era uma aparência, que outro o estava sonhando.

Então é isso que Borges está dizendo para mim?

Foi como uma alucinação, mas o rapaz assistia a tudo aquilo com uma calma imensa. Viu quando o homem no jardim geométrico se virou de costas e começou a caminhar pela aleia, deixando para trás sua sombra.

É isso, Borges?

Que eu não existo — que sou apenas um personagem sonhado por *ela*?

Um segundo, não durou mais do que um segundo — mas aconteceu. E era um sorriso cínico, um sorriso de vingança, como se ele desdenhasse da própria morte, desafiasse o destino, como se, em mudo grito de escárnio, nos dissesse:

Agora e na hora, a pena é minha. E quem tem o poder sobre a vida e a morte aqui sou eu.

Eu. A pena é minha.

Sou eu, ninguém mais, que vai dizer quando e como você vai morrer.

Ela não pode fazer isso comigo, não pode! Preciso achar o revólver, não posso morrer assim... sem ter a última palavra... mas o ar, o ar, não consigo sorver o ar, um sorriso cínico, a morte sempre sorri, sei o que busco nas telas em branco, o livro está todo aqui, só tenho de deixá-lo escorrer pela ponta dos dedos, quanto tempo?, a sentença, morrer deixando um livro em meio, a decisão tomada, mas morrer não basta, sobre a folha final o próprio corpo morto, este, sim, o último conto, o fecho insuperável, as mãos rebeladas, o cheiro de sangue, meu mundo feito de charco, lama, uma pasta escura, sentindo o cheiro da tinta da pequena caverna onde braços de metal como tentáculos, as mãos, sempre as mãos, as mãos segurando as bordas do jornal, havia ódio demais ali, represado, um ódio muito antigo, a carne queimando, minha irmã morta, o monstro era o pai, uma possessão, eram eles, os fantasmas, se materializando através das palavras, a perfeição, o silêncio eterno, mas vou morrer fracassado, mais do que isso, serei apenas um eu de mentira, sonhado por ela, não é possível, não, Borges, não é possível!, não posso, ar, preciso de ar, talvez eu devesse rezar, mas sinto que tudo se esvai, como se um imenso funil cósmico sugasse minha substância, eu, o materialista, o incréu, no último hausto pensando na reza falsa que escondia a revolta, o ódio, a reza de minha mãe quando eu era criança, sussurrada com vigor, quase com raiva, *agora e na hora da nossa morte, amém.*

Comentários finais

Pelas sugestões e observações atentas, agradeço às minhas primeiras leitoras, Julia Romeu, Ana Luiza Pinheiro, Valéria Schilling, Heloisa Jahn e Marta Garcia.

As passagens sobre o escritor Albert Camus foram inspiradas em trechos do livro *O primeiro homem* (Nova Fronteira, 2002, tradução de Teresa Bulhões Carvalho da Fonseca e Maria Luiza Newlands Silveira). É o livro inacabado de Camus, encontrado ao lado de seu corpo quando ele morreu em um acidente de carro na França, em 1960.

Ele estava com a família de seu editor, Michel Gallimard, a mulher deste, Janine, e a filha do casal, Anne. No acidente, Camus morreu na hora e Michel no hospital, cinco dias depois. Camus tinha comprado uma passagem de trem para Paris, mas Michel insistiu que fosse de carro com ele. Camus ia viajar de trem com René Char (que foi mesmo de trem). Na localidade de Villeblevin, perto de Sens, mais exatamente em um local chamado Le Grand Fossard, o carro se espatifou contra uma árvore. O relógio do painel marcava 13h55 daquele dia 4 de janeiro de

1960. Camus tinha 46 anos. O bilhete de trem foi encontrado em seu bolso.

Trechos dos ensaios de Camus "Noces à Tipasa" e "Le vent à Djémila", ambos de *Noces*, publicado pela Gallimard, também foram usados neste livro.

As passagens que se referem à poeta americana Sylvia Plath tiveram por base seus poemas e o livro autobiográfico *The Bell Jar* (Faber and Faber, 1980). Outras fontes de informação foram os livros *Letters Home* (Bantam Books, 1977), com as cartas de Plath para sua mãe, e *A mulher calada*, de Janet Malcolm (Companhia das Letras, 1994, tradução de Sergio Flaksman).

Sylvia Plath se matou enfiando a cabeça no forno e abrindo o gás, depois de vedar as portas da cozinha com toalhas molhadas. No aposento ao lado, onde seus dois filhos dormiam, ela deixou leite e biscoitos para quando eles acordassem.

Os textos sobre o escritor e jornalista americano Ambrose Bierce usam informações biográficas obtidas em várias fontes, incluindo o episódio em que ele, alistado no Batalhão de Indiana durante a Guerra Civil Americana, levou um tiro na cabeça e sobreviveu.

O momento da morte de Bierce, narrado neste livro, é uma fantasia criada a partir de dois contos seus, "O incidente na ponte de Owl Creek" (*Visões da noite*, Record, 1999, tradução minha) e "Chickamauga" (*Contos fantásticos do século XIX*, organização de Italo Calvino, Companhia das Letras, 2004, tradução de Rosa Freire D'Aguiar).

Na verdade, a morte de Bierce permanece um mistério: em 1913, ele foi para o México cobrir, como jornalista, a revolução de Pancho Villa, e desapareceu. Nem seu corpo, nem qualquer rastro dele, foi jamais encontrado.

O mistério de uma morte sem corpo era um tema recorrente de Bierce em seus contos, entre eles "O rastro de Charles

Ashmore" e "A ciência à frente". Ambos tiveram trechos reproduzidos neste livro, assim como outros contos de *Visões da noite* (todos com tradução minha).

Foram ainda reproduzidos neste livro trechos de *Moby Dick*, de Herman Melville, e do conto "Ruínas circulares", de Jorge Luis Borges (este, com tradução de Carlos Nejar). O livro de capa colorida a que se refere o narrador, e que tem um trecho reproduzido neste livro, é *O pavão desiludido*, de José Carlos Oliveira (Edições Bloch, 1972).

Ao criar, em 2004, o personagem central de *Agora e na hora*, eu tinha em mente o escritor e amigo Marcos Santarrita, a quem dedico o livro. Na época, Santarrita estava em perfeita saúde, trabalhando como nunca, e não sei por que o transformei em figura tão trágica, de peito opresso. Talvez por ele ter dito um dia, há muitos anos, que se mataria caso não conseguisse ser escritor. Quando — depois de mais de dez anos e muitas interrupções — botei o ponto final na história, Santarrita estava morto. De um câncer no pulmão.

Heloisa Seixas

ESTA OBRA FOI COMPOSTA PELO GRUPO DE CRIAÇÃO EM ELECTRA E
IMPRESSA PELA LIS GRÁFICA EM OFSETE SOBRE PAPEL PÓLEN BOLD
DA SUZANO PAPEL E CELULOSE PARA A EDITORA SCHWARCZ
EM ABRIL DE 2017

A marca FSC® é a garantia de que a madeira utilizada na fabricação do papel deste livro provém de florestas que foram gerenciadas de maneira ambientalmente correta, socialmente justa e economicamente viável, além de outras fontes de origem controlada.